光文社文庫

傑作時代小説

# 無縁坂

介錯人別所龍玄始末

『介錯人別所龍玄始末』改題

辻堂　魁《かい》

光

目次

北
東
南
鐘ヶ淵
千住大橋
豊島の渡し
荒川
三河島
田端
日暮里
千住道
小塚原
隅田村
隅田川
駒込
谷中
日本堤
金杉上町
三ノ輪
寺島村
千駄木
今戸町
白山
鷲神社
吉原
山谷堀
今戸橋
下谷
東叡山寛永寺
浅草寺
小梅村
根津権現
本郷
東本願寺
浅草花川戸町
小石川
大塚町
伝通院
幡随院
広徳寺
阿部川町
吾妻橋
田原町
竹町の渡し
不忍池
無縁坂
新堀川
三間町
並木町
駒形堂
菊坂臺町
下谷広小路
御徒町
蔵前
春日町
湯島天神
水戸徳川家
妻恋坂
北割下水
牛込
森田町
石原町
神田川
神田明神
外神田
御米蔵
向柳原
天王町
牛込御門
小石川御門
水道橋
駿河台下
浅草橋
柳橋
御竹蔵
昌平橋
筋違御門
和泉橋
南割下水
番町
柳原土手
両国広小路
本所
田安御門
雉子橋御門
一ツ橋御門
内神田
馬喰町
回向院
俎板橋
両国橋
元柳橋
竪川
市谷御門
清水御門
神田橋御門
小伝馬町
牢屋敷
通旅籠町
本石町
日本橋
新大橋
常盤橋御門
北町奉行所
堺町
葺屋町
小名木川
室町
江戸城
永久橋
仙台堀
深川
半蔵御門
呉服橋御門
日本橋
江戸橋
南茅場町
箱崎町
材木町
南町奉行所
西之御丸
八丁堀
組屋敷
鍛冶橋御門
京橋
永代橋
富岡八幡宮
霊岸島
桜田御門
永田町
数寄屋橋御門
西本願寺
石川島
越中島
山王日枝神社
新橋
築地
佃島
溜池
幸橋御門
汐留橋

# 龍玄さん

## 一

目覚めはいつも、少し憂《ゆう》うつだった。

龍玄《りゅうげん》は苦しい夢を見て胸が痛むのに、どんな夢だったかを思い出せなかった。

隣に寝ている妻の百合《ゆり》の寝息が、暗い部屋に静かに聞こえていた。

百合の懐《ふところ》にくるまり、龍玄との間に杏子《あんず》が小さな手をくつろげて眠っている。

杏子はこのごろ、夜泣きをしなくなった。

土縁《どえん》にたてた板戸の隙間より、ひと筋のうす明かりが射して、寝間《ねま》と土縁を仕切る明障子《あかりしょうじ》に、おぼろな白い筋を映していた。

明け烏《がらす》の鳴き声が遠くに聞こえ、龍玄は安堵《あんど》の息をもらした。

音をたてぬように夜着《よぎ》を出て、寝巻き代わりの紺帷子《こんかたびら》のまま枕元の両刀を携えた。茶の間を通って中の口の土間へおり、腰高障子《こしだかしょうじ》と板戸を開けた。

玄関の狭い前庭に、夜明け前の白々《しらじら》とした朝靄《あさもや》がまどろんでいた。

龍玄は、前庭の瓦葺《かわらぶき》屋根の引違い木戸門に背を向け、東南の小広い中庭へ歩み出た。朝靄が、総髪《そうはつ》に一文字髷《まげ》のほつれ毛をなびかせた。

板塀ぎわにやまぶきの低木《ていぼく》が繁《しげ》り、柿の木が枝をのばしている。

白みを増す空の彼方《かなた》に鳥影が走っていく。

二刀を腰に帯びると、憂うつがとけていく心地がした。

二重《ふたえ》の目の上に細い眉が切れ上がって、まっすぐな鼻筋の下に、赤い唇をいつも一文字に結んでいる。それらが、つるりとした額《ひたい》からわずかに張った顎《あご》のなだらかな輪郭《りんかく》にかけ、龍玄の顔だちを面《めん》のような風貌《ふうぼう》に造り上げていた。

「男前だが、ふてぶてしい面《つら》がまえだ」

幼い龍玄の顔を見て爺《じい》さまが言い、「そうなのか」と思った覚えがある。

草履を脱いだ。

鯉口《こいぐち》を切り、刀を静かに抜いた。

身頃《みごろ》を割って二尺三寸（約七十センチ）少々の太刀《たち》を正眼《せいがん》にかまえ、ゆるやかに上段へとった。

一歩を踏み出し、ゆるやかに、眼前の無を一刀両断にした。

白い朝靄が、刃《やいば》へ戯《たわむ》れるようにゆれた。

それから一歩退《しりぞ》いて上段へ戻した。再び一歩踏み出して打ち落とした。即座に一歩退いて上段へかえし、また一歩踏み出し打った。

刀が空《くう》を風のように斬った。

呼吸の調子を合わせ、五尺五寸（約百六十七センチ）足らずの痩軀《そうく》を前後へ躍動させた。

足の下で土を蹴散らし、躍動は次第に速度を増し、刀はうなりを生じ、呼吸がとぎ澄まされ、血が沸騰し、骨と肉がくだけるまで身体《からだ》を追いこんでいく……

「おまえは介錯人《かいしやくにん》として、別所《べつしよ》一門の名を継がねばならぬぞ」

父親の勝吉《かつきち》は、由緒あり気な家名を守れ、と命ずるみたいに言った。

「血を見るのは、いやです」

龍玄は本心だった。前年より、幕臣の子弟らとまじって湯島《ゆしま》の昌平黌《しようへいこう》へ通い始め、ほぼ一年がたった十三歳の二月初午《はつうま》の日だった。

首斬人、すなわち首打役の手代わりを生業《なりわい》にしたのは、別所一門の名を後の世に継ぐためではなかった。

別所の名は、爺さまが元は摂津高槻《せっつたかつき》領の別所一門の弥五郎《やごろう》と称していた。

爺さまは無類に剣が強く、若きころ食い扶持《ぶち》を求め江戸へ下って、どういう事情があったかはわからないが、数年後に首斬人として身をたて始めた。

爺さまは爺さまの父親、すなわち曾祖父《そうそふ》について、

「高槻領永井《ながい》家に仕えていた。わたしはゆえあってお家を離れた」

と、言っていた。しかし爺さまは曾祖父のことを、摂津高槻領永井家の家臣・別所 某《なにがし》という以外、なぜかいっさい話さなかった。何役を務め、親類縁者はどうしていて、どういう事情でお家を離れたのか、龍玄は聞いたことがない。

爺さまが臨終《りんじゅう》の床についていたとき、自分の父親らしき人物と米の実りや収穫のうわ言《ごと》を聞き慣れぬ上方訛《かみがたなまり》で、繰りかえし交わしていた。幼かった龍玄は、爺さまのうわ言のくねくねした上方訛がおかしかったのを覚えている。

物心がついてから、ふと、龍玄は爺さまは元は百姓だったのではないか、と思うようになった。爺さまの言葉が嘘と断ずることはできないが、別所一門が名を残す値打ちがあるかどうかは怪しい、とわかってきた。

しかし、武門であろうと百姓であろうと、龍玄はどうでもよかった。

おのれは五尺五寸足らずの形《なり》で、首斬人を生業にし、今ここにこうしてある。それだけだ、と龍玄は思っている。

刀がうなり、身体が躍動し、帷子の下に汗が浮いた。柿の枝葉が、素《す》ぶりが放つ波動に震えていた。

朝靄は次第に晴れ、周囲の明るさが増していた。湯島天神《てんじん》か上野《うえの》の寛永寺《かんえいじ》あたりか、朝焼けの空に群れ飛ぶ烏の鳴き声が聞こえる。

杏子が目を覚ましたらしく、少し泣き声を上げた。

「おぬしは背がのびぬな。わが別所一門の男はみな大柄なのだが」

と、父親の勝吉が言ったことがある。

十六歳で勝吉の行う牢《ろう》屋敷の斬首《ざんしゅ》の仕置《しおき》の場に、初めて立ち会う少し前だ。むろん別所一門の男は、爺さまと父親と龍玄自身しか知らない。

《みな》とはほかに誰かいるのか。まあ、いいが。

介錯人は重要な役割だが、介錯人という職業はない。従って、介錯人の仲間株もない。介錯人とは、武士が屠腹《とふく》するときの介添役《かいぞえ》である。

首を落とす者だけが介錯人ではなく、武士の切腹の介添する者を総称して介錯人とも介添役とも言う。死罪の首打役と武士の切腹の介錯役とは、同じ首斬りであってもまったく別の行為であり、勝吉は牢屋敷の死罪の首斬人だった。

武士の心得《こころえ》が形骸化《けいがいか》し、武士の身分を飾る名刀はかえって値打ちを増した。大名や大家《たいけ》の殿ざまの差料《さしりよう》は、当然のごとくその身分に相応《ふさわ》しく名刀でなければならない。そのため、名刀である証《あかし》のひとつとして試《ため》し斬りが行われた。

死罪になった罪人の胴が試し斬りに使われた。

牢屋敷にはそのための《様場《ためしば》》がある。汚れ役である。

その役を市井《しせい》の練達《れんたつ》の侍が請け負い、殿さまから謝礼をとった。

町奉行所には首打役の同心がいる。研代《とぎだい》が二分《ぶ》出る。

練達の侍は同心の手代わりとして首打役を務める。同心は研代の二分を手にし、さらに侍から謝礼を受けとる。侍は斬首したあと、罪人の胴を名刀の試し斬りに使った。中には首のない胴を二つ重ねて、というのもある。

侍かどうかはともかく、爺さまの別所弥五郎はそういう首斬人になり、爺さまから継いだ首斬人の生業を、父親の勝吉は介錯人と称したのである。

「われらは介錯人・別所一門である」

と自称する、たぶんに父親にはそういうはったり臭い見栄《みえ》があった。

倅《せがれ》に、龍玄、という名をつけたところにも父親の見栄が感じられた。

繰りかえすが、介錯人と呼ぶ職業はない。

首打役、あるいは試し斬りの生業で、父親は湯島無縁坂《むえんざか》の講安寺門前《こうあんじもんぜん》のこの裏店《うらだな》を手に入れた。龍玄が五つのときだ。それまでは、同じ湯島妻恋町《つまごいちょう》の小さな裏店で暮らしていた。

龍玄に、子供のころ貧しい思いをした覚えはなかった。試し斬りの収入でそれなりの暮らしがたったし、一介《いっかい》のどこの馬の骨かも知れぬ浪人者が、大名家をも含めた相応の武家とのつながりもできた。

だから、倅にも別所一門として、と勝吉は思っていた節《ふし》がある。

と言って、誰でもができるという仕事ではない。なまじいの腕では首打役は務まらない。胆力《たんりょく》もいるし、何よりも体力がいる。父親は、龍玄の背があまりのびず痩せているのが、心配だったかもしれない。

確かに、爺さまは身体が大きかった。勝吉も五尺八寸（約百七十六センチ）余の背丈があった。

ただ爺さまの妻、つまり龍玄の婆さまは、元は牛込《うしごめ》の武家屋敷の端女《はしため》奉公をしていて小柄だった。父親の妻、すなわち龍玄の母親・静江《しずえ》も、御徒町《おかちまち》の貧乏御家人《ごけにん》の娘で、やはり小柄である。

龍玄は婆さまと母親のほうに似たらしく、五尺五寸ほどから背はのびなかった。顔だちも切れ長の二重の目と鼻筋の通ったところは、母親の静江似である。

「顔だちは母親似でいいが、身体がな。介錯は力だけではない。とは言え生きた人の首を一刀の下《もと》に断つのだ。相応の膂力《りょりょく》はいる。背がのびぬとな……」

勝吉は、龍玄を見下ろして残念そうに「介錯は……」と言ったものだった。

しかし勝吉は知らなかった。龍玄が稽古に通っていた本郷《ほんごう》の一刀流《いっとうりゅう》・大沢《おおさわ》道場で、十六歳にして壮年の巨漢の師範代《しはんだい》を打ち負かす腕に達していたことをだ。

老道場主・大沢虎次郎《とらじろう》は、龍玄の技量について驚嘆した。

「機の変化を知る感覚、応変する俊敏さ、剣さばきの鋭さ、どれをとっても空恐ろしい才と言わざるを得ぬ」

龍玄は、自分が人よりも強いというのを感じ始めたのは、その一年かそこら前だった。だが、強い者は幾らでもいる。強さとはなんだ。龍玄はそんなことを考えるようになっていた。

勝吉は倅のそんな心のありようを忖度《そんたく》せず、十六歳の龍玄を下僕《げぼく》として、牢屋敷の打首《うちくび》の仕置と様場の試し斬りに初めて立ち会わせたあとに訊《き》いた。

「どうだ。おぬし、やれるか」

「さあ……」

と、龍玄はこたえ、勝吉は大きなため息を吐《つ》くばかりだった。

十八歳の春、龍玄は父に代わって首打役の手代わりを始めた。

血を見るのはやはりいやだった。にもかかわらず、龍玄は、ふと、首斬人になってもよい、と思った。これか、とおのれ自身に問いかけ、そうかもな、と心の中のおのれがこたえた。それだけだった。ほかに思いあたる理由はない。

勝吉が亡くなったのは二年余前、龍玄が十九歳の冬だった。卒中《そっちゅう》で倒れ、数日後に亡くなった。

龍玄が十八の春より首斬人の生業《の》を始めてから、勝吉は四十代半ばの歳で隠居になった。毎日、昼間から酒を呑んだ。隠居の身になって、何かの呪縛《じゅばく》から解《と》き放たれたかのように、酒に酔い潰《つぶ》れる暮らしに耽溺《たんでき》した。

「いいではないか。倅が一人前になったのだ。龍玄は剣の才を天から授かっておる。魂消《たまげ》た。さすがはおれの倅だ」

勝吉は静江に止められても、戯言《ざれごと》のように言って酒をやめなかった。

そう言えば、爺さまの弥五郎も卒中だった。弥五郎も勝吉も、毎晩、酒を呑んだ。それも浴びるほどに。呑むと上機嫌になってよく騒いだ。

童子《どうじ》のころは、どうしてあんなに酒を呑むのだろうと不思議だった。首斬人になって、龍玄にわかった。弥五郎も勝吉も呑まずにはいられなかったのだ。浴びるほど酒を呑んで忘れたかったのだ。おのれ自身を……

二

やがて、寛永寺の鐘が赤味をおびた雲間に朝の六ツ（六時頃）を報《しら》せた。

龍玄は刀を納め、勝手口へ廻《まわ》って、椿《つばき》の木の下にある井戸端に立った。

白い椿の花が咲いている。

紺帷子を脱いで椿の枝にかけ、下帯《したおび》ひとつになった。

台所で妻の百合が朝の支度にかかっている物音がした。味噌汁の香りが井戸端にまで漂ってきた。

杏子の泣き声は聞こえなかった。母親の静江があやしているのかもしれない。

釣瓶《つるべ》で井戸水を汲んで、肩から一気にかぶった。右から左から、繰りかえしかぶると、引き締まった肌に水滴がぷちぷちとはじけた。水は汗ばんだ龍玄の肌を冷たく刺したが、刺々《とげとげ》しい冷たさはもうない。

「あら……」

その声にふりかえると、小袖《こそで》を襷《たすき》がけにした百合が、勝手口の腰高障子を開け顔をのぞかせていた。背中に負ぶった杏子が、きょとんと龍玄を見ている。

「着替えと、手拭《てぬぐい》を持ってきてくれぬか。だいぶ汗をかいた」

飯の炊ける匂いが芳《こうば》しく、空腹を覚えた。

蜆《しじみ》売りの子供の声が、門前通りのほうで聞こえた。朝の早い表店《おもてだな》の住人が板塀の外の小路《こうじ》を、忙《せわ》しなげに通ってゆく。

龍玄の住居《すまい》は浄土宗専修《せんしゅうざん》山講安寺の門前の裏店である。山門前から南へ四半町（約二十七メートル）ほど小店が並んだ門前を抜ければ、道幅三間《けん》（約五メートル）の無縁坂である。

無縁坂を西へ折れ、越後高田《えちごたかだ》領中屋敷と加賀大聖寺《かがだいしょうじ》領上屋敷の土塀の間の急な坂道を上ると、加賀前田《まえだ》家本家の土塀に突きあたる。土塀沿いに三つばかり曲がってだらだらと坂道をなおも上り、麟祥院《りんしょういん》わきから切通《きりどお》しへ出る。

無縁坂を東へ下った茅町《かやちょう》の堤端からは、不忍池《しのばずのいけ》と池中の弁才天、池之端《いけのはた》につらなる茶屋の出格子窓《でごうしまど》が見渡せた。池の向こうの忍岡《しのぶがおか》に、寛永寺の鬱蒼《うっそう》と繁る杜《もり》と甍《いらか》が一望できる。寛政《かんせい》元年（一七八九）の今年も早や、桜が寛永寺の杜に咲き始めている。

この町へ越して十七年がたった。

五つのとき爺さまの弥五郎が卒中で亡くなり、十九のとき父親の勝吉が同じく卒中でぽっくりと逝《い》った。

家族は、龍玄と母親の静江、妻の百合、生まれて半年の杏子、の四人である。

「着替えです。下帯もください」

百合が椿の枝に、手拭や替えの鼠色《ねずいろ》の帷子、白い下帯をかけ、汗で湿った紺帷子を腕に下げていた。

雫《しずく》の垂れる下帯をとって手渡した。背中を向けているが、龍玄は全裸である。

「母上はもう起きているのか」

「ご自分のお部屋で、手控帖《てびかえちよう》を見ながら算盤《そろばん》をはじいていらっしゃいます。そろそろ朝ご飯ですから」

「そうか……」

母親の静江は、貧乏御家人や旗本相手に、金貸しを営《いとな》んでいる。生前の勝吉が、静江の縁者に小金を融通《ゆうずう》して幾ばくかの利息を得たのがきっかけだった。利息は御蔵前《おくらまえ》の札差《ふださし》の融通と同じ春夏冬の三季切米《さんききりまい》に合わせ、三月《みつき》ないし四月《よつき》縛りの年利一割五分だった。それが寛政のご改革が始まって、札差は年利六分となって町家の高利貸も相場が年利一割三分に下がり、静江もそれに倣《なら》って一割三分に下げた。が、三月ないし四月の三季縛りはそのままである。

もともと、勝吉は「利息などいりませぬ」と言って貸した。それが「それではあんまりなので」と縁者の御家人は、一割の利息をつけてかえしてきた。それ以後、誰それが少々融通を頼みたいそうだ、と実家を通して話がくるようになった。静江は勝吉に断り、利息をとって御徒町などの御家人に金貸しを始めた。

静江は武家の生まれだが、珍しく算盤ができ、金銭感覚が身についていた。貧乏御家人の末娘で、嫁《とつ》ぎ先がなく、仕方なく勝吉と夫婦《めおと》になってから、金勘定に疎《うと》い勝吉の家計を支え、妻恋町の裏店から講安寺門前のこの住居《すまい》に越してきたのも静江の才覚であった。

勝吉が亡くなると、金貸しは御徒町から湯島、本郷、小石川《こいしかわ》、牛込あたりの御家人を中心に顧客を広げていった。

静江の金貸しはそれなりの儲《もう》けを出しているようだった。少しばかりの融通というほどの金貸しだったし、倅の龍玄が牢屋敷の首斬人らしいと知られていたためか、たいていの者は期限通りに利息をつけて返済した。

むろんそうでない者もいたが、静江は強引なとりたてはしなかった。

「龍玄が、いずれ剣道場を開くときの元手作りですから」

静江は、倅の龍玄にも百合にも蓄えがいかほどあり、それをどこにしまっているのかを教えなかった。

「杏子が嫁入りするとき、支度にお金がかかりますのでね」

杏子が生まれてからは、そう言うようになった。

朝ご飯は炊きたてのご飯に油揚や牛蒡《ごぼう》、ときに豆腐や蜆の味噌汁、目刺《めざ》しや季節の魚の干物が一品、浅草海苔《あさくさのり》に大根や人参、胡瓜《きゅうり》、茄子《なす》などの漬物、である。

百合のご飯の炊き方は硬すぎずやわらかすぎず、ほど良い炊き加減だった。味噌汁が美味《うま》い。漬物は酸っぱさとほのかな甘さ加減の風味がよかった。

母親の静江はしっかり者だが、飯が今ひとつだった。ご飯の炊き方がややわらかすぎ、味噌汁も辛すぎた。漬物もただ酸っぱいという印象しかない。

「あなた、少し太ったのではありませんか？」

先《せん》だって百合に言われ、龍玄は「そうか？」と素知らぬふりをした。

龍玄は百合を妻に迎えてから少し太った。

ご飯は龍玄の膳《ぜん》の左右に静江と百合の膳を並べてとる。

食事の間は龍玄と百合の間に杏子を寝かしている。近ごろは寝がえりが打てるようになった。百合の膝に手をおいて、母親が目を離すとむずかり、「いますよ」と母親が笑いかけるとむずかりがやんだ。

杏子は龍玄が抱いて笑いかけても、誰？　というような不思議そうな顔つきをして、じっと龍玄を見つめている。

「下女《げじよ》を、雇いなさい」

朝ご飯の折り、静江がいきなり言った。龍玄と百合は顔を見合わせた。

静江は百合に家事を任《まか》せ口出しをしないが、嫁入りしたときに言ったそうだ。

「わが家は武家の体裁を保たなければならない家ではありません。身の丈《たけ》に合った暮らしを心がけてください。龍玄もそう育てました」

百合は「はい」と頰笑《ほほえ》み、だから家事はいっさい自分がやって下女下男は雇わなかった。そこへ杏子が生まれたのである。

「百合が大変です。いいですね、龍玄」

「わかりました」

龍玄は答え、「すぐに手配する」と百合に言った。

百合は、母親を見上げてまたむずかり始めた杏子を抱き上げ、

「杏子、お父さまが下女を雇ってくださるのですよ。よかったねえ」

と、綺麗な横顔を見せて笑いかけた。

# 三

百合は二十七歳。龍玄より五つ年上の妻である。

神田明神下《かんだみようじんした》の通りに家禄《かろく》二百俵の屋敷をかまえる旗本・丸山織之助《まるやまおりのすけ》の長女である。兄と弟がいる。

織之助は勘定吟味役《かんじようぎんみやく》であった。勘定吟味役は職禄五百石で、家禄の低い武士が御公儀《ごこうぎ》で上り得る最高のお役目と言われている。名門の旗本の一族であっても、有能でなければ就《つ》けるお役目ではない。

その勘定吟味役の娘だった。

年端《としは》もいかぬころから、美しく賢い童女で、神田明神下の丸山家のお嬢さまと言えば、武家のみならず、町家《まちや》でも百合の名を知らぬ者はいなかった。

美しくすくすくと育ち、童女から娘と言われる十三歳ぐらいになるころには、いったいどこのご大家に嫁がれるのだろう、と噂にさえなった。

龍玄が百合と最初に言葉を交わしたのは四歳のときだった。そのころ、妻恋町に住んでいた龍玄は、界隈の童子たちとの遊び場が湯島天神の境内《けいだい》だった。

その湯島天神の境内では九歳の百合も童女らと遊んでいて、ときに隠れ遊びや草履隠しなどを童女童子相まじって遊ぶ場合があり、中心になるのがいつも百合だった。子供たちは、百合の言葉には一も二もなく従った。

龍玄もそんな子供たちのひとりで、なんて綺麗な姉さんなのだろうと憧れの目で見上げ、百合に指図《さしず》されるのがとても嬉《うれ》しかった。

龍玄の父親の《首打役と試し斬り》の生業は、近所ではむろん知られていた。父親のその仕事が、幼い龍玄が仲間にからかわれる種になった。仲間はずれにされたくない龍玄は、父親の仕事をからかわれてもいつもは我慢していたが、ある日、我慢できずに殴る蹴るつかみ合うの喧嘩《けんか》になったことがあった。

龍玄ひとりに四、五歳から六、七歳の相手が五人だった。

むろん龍玄が敵《かな》うはずもなく、大きな童子に投げ飛ばされ、よってたかって押さえつけられ殴られていたのを、百合が助けてくれたのである。

「やめなさい、あなたたち。大勢でひとりを、卑怯《ひきょう》でしょう」

百合は龍玄の上になった童子たちを突き飛ばし、中の七歳ぐらいのひとりの頬《ほほ》を、ぱちん、と張った。のちに知ったが、頬を打たれた童子は百合の弟だった。

「ごめんね、龍玄さん」

百合に助け起こされ、袖《そで》のちぎれた着物の汚れを払われるのを拒《こば》んで、龍玄は走り去った。「龍玄さん」と呼ばれたことが、なぜか恥ずかしかったからだ。

百合に助け起こされた手の感触を思い出すと、どきどきした。

五歳になって講安寺門前に越して二、三ヵ月がすぎたころより、百合はもう湯島天神境内の遊び場にはこなくなった。

武家の娘らしい習い事や稽古事が忙しくなったため、と聞いた。

龍玄は少し寂しくなった。湯島の町内でぱったりと出会う偶然もなかった。しかし、次第に百合のことは気にならなくなった。面影《おもかげ》がうすれ、やがて忘れていった。寂しくはなっても、まだほのかな思いが熟す歳ではなかった。

本郷の一刀流の大沢虎次郎の道場へ入門したのは、十歳のときだ。

十二歳になって、湯島の昌平黌へ通い始めた。

武士の子は昌平黌でなければならぬ、と父親の勝吉が伝《つて》を頼って手を廻し、入学を許された。毎朝、五ツ半（九時頃）から九ツ（正午頃）すぎまで昌平黌へ通い、昌平黌が退《ひ》ける午後は、暗くなるまで大沢道場で稽古に励んだ。

百合の面影を思い出すことはなかった。

ごく希《まれ》に、神田明神下の丸山家の門前を通った折りなど、ここは百合の……と覚えていても、顔だちすら甦《よみがえ》らず、ただ通りすぎただけだった。

もう湯島天神の境内で遊んでいた童子ではなくなっていた。

十八歳になった春、龍玄は父親・勝吉と同じく首打役の手代わりと試し斬りの生業を始めた。

隠していることではなかったから、龍玄の生業は町内に自《おの》ずと知れ渡った。

町内の住人は龍玄に会釈はするけれど、親しく話しかけたりはしない。

痩せて小柄なあの若い男の、どこに牢屋敷の首斬人などとそんな空恐ろしい技芸がひそんでいるのかと、好奇心と恐れを抱いてみな龍玄を見た。

「因果だね。あの痩せっぽちの龍玄さんが、別所家の親子三代、一番の腕利きだって聞いているぜ」

「龍玄さんとこじゃ、試し斬りにした人の肝《きも》をこっそり持ち帰り、それを乾《ほ》してすり潰し、滋養強壮の丸薬を拵《こしら》えて親しいお武家に分けてるって言うぜ」

龍玄が首斬人になって、そんな噂が流れたことがある。

「介錯人なのだ」

勝吉は言う。だが、噂同様、龍玄にはどうでもよい。介錯人であれ首斬人であれ、生業にした理由を巧妙に語る言葉はなかった。

ときがたち、勝吉が卒中で倒れ亡くなった。

静江の考えで家では下男も下女も雇わなかったから、講安寺門前の住居に龍玄は母親との二人暮らしになり、ほどなく二十歳になった。

勝吉が亡くなって八ヵ月がたったある日、魚屋の御用聞《ごようきき》から「丸山家のお嬢さまが、実家に戻っておられるそうです。お旗本の嫁ぎ先と折り合いが悪く、離縁されたか、自ら嫁ぎ先を出られたとか……」と聞かされた。

あの百合が、とその場では漠然と思っただけだった。

いつ、どこへ嫁いでいたかさえ知らなかった。

その数日後、湯島天神の男坂《おとこざか》で、偶然、龍玄は百合と行き合った。

藍地《あいじ》に椿の裾《すそ》模様の小袖に、胸元を締めた呉《ご》絽《ろ》の幅広の帯がさり気なかった。

百合は下女を従え男坂を上ってきた。百合の目は、島田《しまだ》に結った豊かな髪の下に伏せられていた。百合は気づいていない。今なら間に合う。

女坂《おんなざか》を下って切通しへ出ようか、と迷った。だが龍玄は動かなかった。

男坂を上った百合の白い顔が龍玄をまっすぐに見て、赤い紅《べに》の間にわずかに白い歯が光った。そうしてまつ毛を震わせて目を伏せ、やわらかく辞宜《じぎ》をした。

木々が騒ぎ、陽射しが降り、鳥の声がさえずっていた。

龍玄は、長いときがすぎたことに気づいた。十五年の歳月が流れていた。

「お久しぶりでございます。下からでも、すぐに龍玄さんとわかりました」

龍玄さん、という響きが懐かしい。

「龍玄さん、背がのびましたね」

頬笑んだ百合の背丈は、龍玄と一寸（約三センチ）ほどしか違わず、島田の髷《まげ》は龍玄の一文字髷より上にあった。四歳から五歳の童子と、九歳から十歳の童女の、ほんの一年足らずのときが甦った。百合にはさぞかし小さな童子だったのだろう。

言葉を交わしたのは、ほんの二言《ふたこと》か三言《みこと》だった。二言三言なのに、何を話したのか思い出せない。

女坂を下っていったとき、足が地につかなかった。それは覚えている。

それから一日半、龍玄は家を出なかった。龍玄は考え、答えを探していた。母親の静江が「どうかしましたか」と訊き、「いえ」と龍玄は答えた。

それを忘れたのは、それが心の中から消えたためではなかった。龍玄はそれを心の深い底へ大事に埋めた。やがてそれは、気の遠くなるほど長く、それでいて儚《はかな》い束《つか》の間《ま》の若い日々をかけて、しぶとく根を張り、茎をのばした。

そうして、暗闇の底から明るい光の下へそれは芽を出した……

そうか、と龍玄は考えた末に、答えを見つけた。

母親にそれを話したとき、母親は訝《いぶか》しんだ。それでも翌日、母親は訝しみつつも御徒町の実家の兄に相談を持ちかけた。

兄、すなわち龍玄の伯父《おじ》は初めに噴き出し、「冗談はよせ」と言った。そして、「無理だ」とひと言、言い捨てた。

それから三日後、着古した一張羅《いっちょうら》の裃《かみしも》をつけた御家人の伯父は、阿部川町《あべかわちょう》の老舗《しにせ》菓子屋の菓子折りを携え、神田明神下の丸山織之助の屋敷を訪ねた。

「まことに卒《そつ》じながら……」

伯父は、訪問の趣旨を織之助に切り出した。

織之助は五十をこえ、家督《かとく》を長子に譲り隠居の身だった。それでも気むずかしそうな渋面と、背筋をのばした長身痩軀には衰えぬ旗本の気位《きぐらい》が漲《みなぎ》っていた。

伯父の用件を最後まで黙々と聞き終えた織之助は、やおら言った。

「別所龍玄と申されるご仁が、牢屋敷の首打役、および試し斬りを生業にしてお

られる噂は聞こえております。尋常ならざる練達の士《さむらい》、との評判も伝わってお
ります。御公儀の下《もと》、武士が政《まつりごと》を掌《つかさど》る世である限り、それは誰かがなさね
ばならぬ役目でござる。腕に覚えがある士が不浄《ふじょう》なる役目を生業とすることに
異存はござらん。この太平の世にある意味では武門ひと筋の者、と言えなくもな
い」
　伯父は織之助の重々しい声を、身を縮めて聞いていた。
「しかしながら武門には、分相応、ということがござる。確かにわが娘・百合は
嫁ぎ先のお家と話し合いの末、離縁と相決まり、当屋敷に戻ってはおります。で
すが、わが丸山家の者であることに変わりはござらん」
　伯父はひたすら低頭していた。
「出戻り、夫に見限られた女、と傍《はた》からいかに思われようともかまわぬが、わた
しは百合が丸山家の女に相応しいふる舞いをしたと、父親として自信を持って申
すことができます。われら丸山家の者は、これまでそうしてきたように、分相応
にこのたびもゆるぎなく家名を守ってゆくのみでござる。ゆえにこのたびの話、
別所龍玄どののご意向は重々承ったが、分不相応と申さざるを得ません」
　のちに伯父は、あの折り、織之助の顔は殆《ほとん》ど見られなかったと告白した。

何とぞこれは——と、織之助は手土産《てみやげ》の菓子折りを伯父の膝の前に押し戻し、

「別所龍玄どのにお伝えくだされ。わが丸山家と、龍玄どのの別所家とでは、不相応でござる。どうぞ、お申し入れは、これきりにしていただきたい。これがわが丸山家の返事でござる」

と慇懃《いんぎん》に、しかし少々横柄《おうへい》に言った。

伯父は畳に額がつくほど平身した。伯父はかえって清々《せいせい》した。この申し入れが受け入れられるなどと、端《はな》から思ってはいなかった。人にはそれぞれいるべき場所があって、その分《ぶん》を越えてはならない。世の中とはそうしたものである。無駄なことをしたが、あの男もひとつ学ぶだろう、と帰りかけた。

「失礼いたします」

そのとき、襖《ふすま》の外で若やいだ声が聞こえた。

うん？　と織之助がふり向くと襖が開き、光の中に輝く女性《にょしょう》が伯父に見えた。

「百合。何事か」

織之助がたしなめる口調になった。おお、なんと美しい。これが評判の丸山家のお嬢さまか、と伯父は年甲斐《としがい》もなく呆然《ぼうぜん》とした。

百合は織之助の許しも得ず、廊下に坐《ざ》したまま言った。

「父上。わたくし、別所龍玄さまのお申し入れを受けとうございます」

あのひと言で、座敷が、屋敷中が凍りついたかのようだった、とのちに伯父はそうも言った。織之助と畳に手をついた格好のままだった伯父は、身動きひとつできず百合を見つめた。

「望んでいただけますなら、わたくし、別所龍玄さまの元に嫁ぎとうございます」

芯《しん》の強そうな、凛《りん》とした声が凍りついた静寂を破った。伯父の開いた口がふさがらなかった。

「許さん。下がれっ」

織之助の怒声が襖や障子をゆるがしたが、すでに雷に打たれていた伯父は驚きも恐縮もしなかった。

三ヵ月後、百合を駕籠《かご》に乗せた嫁入りの行列が、無縁坂を上ってきた。

龍玄は講安寺門前の小路の角に立ち、嫁入りの行列を出迎えた。

無縁坂界隈では、出戻りとは言え由緒ある旗本の家柄の一女《いちじょ》が、牢屋敷で不浄な首打役を務める浪人者に嫁ぐそうだ、と少し評判になった。

界隈の大名屋敷の勤番《きんばん》侍らが、「別所龍玄とはどんな男だ」「出戻りの花嫁はそんなに器量よしか」などと、町内の住人にまじり行列を見守った。

そうして、小路の角にぽつねんと佇《たたず》む花婿らしき銀色の裃に拵えた龍玄を見やり、ひそひそと言い交わした。

「あれか、別所龍玄は。凄腕《すごうで》と聞いたが、童子みたいな男ではないか」

「まことに。あれで介錯人が務まるのか」

「介錯人ではない。牢屋敷の不浄な首斬人だ。試し斬りが生業だ」

「だよな。あの貧弱な男ではな、ちょっとな……」

# 四

中條兵庫《なかじようひようご》という侍が龍玄を訪ねてきたのは、朝の四ツ（十時頃）すぎだった。小普請《こぶしん》奉行配下小普請方旗本・村越豊之助《むらこしとよのすけ》の家士と名乗った。

村越家は本郷通りから切通しへとって、麟祥院門前をすぎ、湯島天神後ろの根生院《こんしようい ん》手前の小路を北へ入った一画に、家禄五百石の長屋門《ながやもん》をかまえている。

村越家の北側に越後高田領榊原《さかきばら》家の中屋敷が茅町から加賀屋敷まで続き、屋敷北側の土塀に沿って東より西へ無縁坂が上っている。

その無縁坂を隔《へだ》てた、さらに北側が講安寺門前である。

中條の年のころは四十二、三歳。顔色のやや浅黒い、痩せた体軀《たいく》に濃い鼠色の羽織《はおり》と細縞《ほそじま》の袴《はかま》をつけていた。どこと言って特徴のない風貌だった。

体裁だけの式台《しきだい》を備えた玄関の取次の間から、縁側のある八畳の座敷に百合が案内した。縁側続きに土縁があり、土縁が面している東向きの狭い庭に、これも体裁にこだわった勝吉が植えさせた梅や松やなつめ、もみじが枝葉を繁らせていた。

春の初めに咲いた梅の花はもう終っている。

中條は龍玄と顔を合わせ、幾ぶん、こわばった表情を見せた。

初めて龍玄を訪ねる者は仕事柄、もっといかつい侍を思い描いているから、みなそういう顔つきになる。この男で大丈夫なのか、とである。

挨拶《あいさつ》のあと、中條が単刀直入に言った。

「わが主《あるじ》・村越豊之助さまの弟・村越小六《ころく》さまが今夕《こんゆう》ご切腹をなされます。主の命《めい》により、別所どのに小六さまの介錯をお頼みいたすため、うかがいました」

刀の試し斬りではなく、まさしく、介錯人の依頼である。

「村越さまは、わたくしのことをご存じだったのですか」

「ご町内在住の別所龍玄どののお噂はうかがっておりました。主の縁者に本郷の大沢虎次郎先生と所縁《ゆかり》のある方がおり、その方が先生より、別所どのの生業、および技量の評判を聞いておられたのです」

「村越小六どのがご切腹をなさる事情を、差し支えなければ、おうかがいしたいのですが」

「やはりそれは、お話ししなければなりませんか」

「いえ。人の命とかかわりを持つ仕事柄、なるべくご当人の事情を承知したうえで役目に臨《のぞ》みたいと思っております。何も知らぬ者に打たれるのは、ご当人も無念かと忖度いたしますゆえ。差し支えがあれば、けっこうです」

中條は目を傍《かたわ》らへ落とし、唇を強く結んだ。

「小六さまはお歳が三十三歳。未《いま》だお独りで、村越家の部屋住みでいらっしゃいます……」

膝の浅黒い手を細かく震わせ、中條は事情を語り始めた。

主従の身分の中に生きる武士は、ふる舞いや役目に落ち度があったとき、自ら屠腹しなければならない咎《とが》めがある。屠腹、すなわち切腹にあたって、介錯人が介添をする。実際に首を落とす介錯は、必ず士分の者が務める習いである。

介錯役は、切腹の場で介錯を受ける士に「士分でござる」あるいは「槍ひと筋の者でござる」と高らかに言うのが礼儀である。

長い太平の世が続き、介錯役を果たす技量のある武士が少なくなった。

大名や大家では家士を多数抱え、中には腕利きがいて、そういう者が務める。

そうではない武家では、切腹人を出した場合、それなりの武士に介錯役を頼まなければならない。家臣ではないから、謝礼が必要である。

介錯役という職業はないが、介錯役によって謝礼を得られる世になっていた。

大家の殿さまの名刀の試し斬りばかりではなく、希《まれ》に介錯役の依頼がくることがある。勝吉が、自らの生業を《首打役》ではなく《介錯人》と称したのは、ゆえなきことではなかった。

死罪の首打役と介錯人では、存在の意味と格がまったく違う。

村越小六は部屋住みの身でありながら、艶本《えんぽん》の戯作者《げさくしゃ》を裏稼業にしていた。

春画《しゅんが》艶本、草双紙《くさぞうし》の類《たぐい》を、著名な絵師であれ読本《よみほん》作者であれ、暮らしのために裏芸として描くのは珍しい仕業ではなかった。

代々の家禄では家計の苦しい武士の中にも、才さえあれば、草双紙類の稿本を板元へ売りこみ、稿料や、絵ならば画料を稼ぐ仕事ができたし、無名の戯作者と板元の間に入って口利きをする《競取《せどり》》という業者もいた。

小六は、越後屋五十二《えちごやいそじ》という筆名を使い、八年前から上野の地本問屋《じほんどんや》より戯作を次々と売り出していた。題材は殆どが男女の色恋を描き、濡れ場がなかなか読ませるというので、越後屋五十二の名はその筋の数奇者《すきしゃ》には知られていた。

旗本らしい、という噂も流れていた。

部屋住みの身にあまる稿料を得て、小六の暮らしは華美になり放蕩《ほうとう》を始めた。ところが、小六の裏稼業は小普請奉行に知られる事態となり、支配役の若年寄《わかどしより》の名により喚問状《かんもんじょう》が届いた。武士にあるまじきふる舞い不届き、と。

だがその折りは、初めてという情状を酌量され、五十日の謹慎ですんだ。

「ですが小六さまは、執筆をおやめにならなかった。部屋住みの肩身の狭いお立場だったのが、稿料を得て華美な暮らしに慣れ、放蕩が忘れられなかったのでしょう。わが主とわれらがお止めしても、お聞きにならなかった。才の豊かなお方だが、残念ながら、心がお弱かった」

一昨日、再び若年寄さまよりの喚問状が村越家に届いた。

喚問状には小六の、武士にあるまじきふる舞いを咎めた科条が記してある。先般、お叱《しか》りを受けたにもかかわらず……とあり、厳しい断罪が推量された。

小六は震え上がった。

だが、もっと震え上がったのは主の豊之助と妻の久里《くり》であった。なぜなら、小六が厳しい断罪を受けた場合、咎めは小六ひとりではすまなかった。村越家が改易《かいえき》になる恐れがあった。

昨日、親類縁者が村越家に会し長らく協議をした結果、村越家のためには小六の屠腹はやむなし、と決められた。

こうした場合、咎めを受けた本人に腹を切らせ、喚問に合わせて家人が病死と届け出る。届けを受けた支配役は、当人が病死ならばいたしかたない、この一件これまでといたす、と事態を承知のうえで表向きの決着を図るのが習わしである。

「小六さまもおつらいでしょうが、武士らしくお覚悟をお決めになられております。喚問の日は明日。今夕のうちに執《と》り行います。何とぞ介錯のお役目、よろしくお頼みいたします……」

茶の間のほうで、杏子が泣いていた。百合があやし、母親の静江が「おやおや、さっきおむつを替えたばかりなのにね」と言い合う声が聞こえた。

龍玄は居室の押し入れから桐油紙《とうゆがみ》に包んだ刀をとり出し、桐油紙をといた。

介錯に使う刀は肥後正国《ひごまさくに》の同田貫《どうだぬき》である。黒塗りの鞘《さや》を静かに払い、小乱《こみだ》れ刃《は》紋《もん》を明障子を開け放った昼の明かりにかざした。

刃渡りは二尺五寸（約七十六センチ）、反《そ》り七分（約二センチ）、抜き身が二百七十匁《もんめ》（約一キログラム）ほどあり、ずしりと重い。

使用した後は必ず砥《と》ぎに出すが、希に、自ら柄頭《つかがしら》の縁金《ふちがね》をとって純綿黒色《じゅんめんこくしょく》撚糸《ねんし》を解《と》き、目釘《めくぎ》、柄と本鉄地《ほんてつじ》の鍔《つば》を抜き、刀身を自ら砥石《といし》で砥ぐこともある。

この同田貫は爺さまの弥五郎の代から介錯にのみ使う一刀で、それ以外に使ったためしはない。

龍玄は光にかざした抜き身の柄を左右へ廻し、刃紋と刃を入念に確かめた。

百合は居室の一隅で、龍玄が出かける着物の支度をしている。

龍玄が出かける折りの着物に、介錯に臨む折りの着物の二種類を用意する。

杏子は百合が負んぶし、すぐに泣きやんだ。そうして、母親の背中から龍玄の様子をつぶらな瞳で見ている。

龍玄が、白紙で刃を鍔から切先《きっさき》までをひとすべりにぬぐっていると、着物を畳みながら珍しく百合が訊いた。

「村越家のご依頼ですか」

「うん？　聞こえたか」

「村越家の方はみな存じ上げております。中條さんはわたしが子供のころから村越家にお仕えの方です」

なるほど。神田明神下と湯島切通し、丸山家と村越家は近所の旗本同士。家禄は二百俵と五百石で違うが、丸山家は勘定吟味役に就く秀才の家柄である。近所づき合いがあっても不思議ではない。

「村越小六どのを、知っているか」

龍玄は刀身をぬぐい、また鍔元からぬぐい始めた。本来、依頼先の話は、家の者にもいっさいしないのだが。

「小六さまはよく存じています。わたしが十九のとき、小六さまの妻に、というお話があったのです。父が丁重にお断りしましたけれど」

「どういう方だ」

「そうですね……」

百合は着物に手をつけて動かず、考えながら言った。

「少々、短気な方でした。ご自分を恃《たの》むお気持ちの強い方です。若いころにしばしば遊びに出歩いて、先代のお父さまによく小言《こごと》を言われていたと、聞いたことがあります。お父さまが亡くなられてからは、家督を継がれたお兄さまとは仲がよろしくないような、そんな話も聞いておりました」

百合は再び龍玄へ眼差《まなざ》しを向けた。

「あなた、もしや……」

龍玄を、きょとん、と見つめている百合の背中の杏子と、目が合った。

龍玄は同田貫を鞘へしっかりと戻した。

# 五

その刻限は七ツ（午後四時頃）、というとり決めだった。介添役の小介錯は、中條兵庫と奉公人の若党が務めることになっていた。

龍玄は黒羽織に紺無地の小倉《こくら》袴、白足袋《しろたび》に草履、着替えと白紙などを包んだ風呂敷包を抱え、片方に同田貫を入れた袋を携えた。

腰には普段帯びる村正《むらまさ》の大小である。

小路より無縁坂に出た。東方に不忍池が見下ろせる。池の向こうの寛永寺の杜は桜の花が咲き誇り、山全体が薄紅色に染まっていた。

ああ、もうこんなに……

花見の客の喧噪《けんそう》が池を越して、無縁坂に聞こえてきそうな華やかさである。だいぶ西に傾いた陽射しが、無縁坂に武家屋敷の鬱蒼と繁る木々と土塀の影を落としていた。

ほどなく、村越家の長屋門の前に立った。門は閉じられている。

瓦葺長屋門の屋根の上に幹をのばした一本の桜が、遅い午後の空の下に麗しい花を淡々《あわあわ》と咲かせていた。

龍玄は桜の木を見上げてから、門扉《もんぴ》わきの片開きの潜戸《くぐりど》をくぐった。

玄関まで前庭を敷石がのびていた。

案内を乞《こ》うと、すぐに麻裃《あさ》をつけた若党が現れた。

「お待ちいたしておりました」

委細承知した様子で、玄関の間から板葺の廊下をへて小さな格子窓のある溜《たま》りの間へ導かれた。引違《ひきちが》いの襖の反対側に腰付障子があり、そこから外へ出ることができた。雪隠《せっちん》は外へ出て奥の右手に、と教えられた。

茶が出たが、龍玄は喫しない。用が足したくなるのを避けたいからである。

地味な納戸《なんど》色の小袖に濃い草色に黒縞の袴に着替えた。足袋も新しく替え、袋から出した同田貫を左わきにおいた。村正の二刀は帯びなかった。襷をかけているとき、主の村越豊之助と妻の久里が現れた。豊之助は黒裃で頬の丸い小太りの男だった。三十五と聞いたが、歳より老けた風貌である。黒の留袖《とめそで》の久里は、島田髷の下の白粉《おしろい》を塗った面長な顔に、口紅の朱《しゅ》が猥《みだ》らがましいほど濃かった。赤い唇の間から鉄漿《おはぐろ》をわずかにのぞかせた。

このたびは遠路ご足労いただき……

と、豊之助が型どおりの口上を述べ、久里が傍らに手をついていた。

夕七ツまでにまだ少し間があった。障子戸と小窓に昼の明かりが映り、屋敷は静寂に包まれていた。静まりかえった屋敷に、かすかに線香が嗅《か》げた。

胸の鼓動が聞こえるほど緊張していたが、その緊張が心地よかった。龍玄の心をやわらげ、ときのすぎるのを待った。龍玄の心は無限へ広がり、いっさいの屈託が消えていった。

龍玄は寛永寺の、満開の桜の杜を眺めている……

父親の勝吉は、十八の龍玄が牢屋敷で初めての首打役と試し斬りを、落ちつき払い、見事に果たしたのを見て息を呑んだ。罪人は押しこみを働いた本所《ほんじょ》の地廻りで、背中から二の腕にかけて彫物があった。

すっ、と静かに罪人の首が落ち、血はなぜか噴き飛ばなかった。まるで刀が、首筋をすべってなでたような首打ちであった、と勝吉は言った。

試し斬りは、罪人の青い彫物に赤い絵筆を入れたみたいに、とも言った。

「恐ろしいものを見た。おれなどの出る幕ではない」

勝吉は隠居の理由をそう言ったと、あとから龍玄は静江に聞かされた。

そのとき、奇妙な叫び声が屋敷のどこかで響き渡った。悲鳴のような声だった。離れた廊下を人が足早に踏んでいる。

龍玄の心が溜りの間に引き戻された。すると、屋敷は元の静寂に戻った。

夕七ツと思われるころ、若党が襖の外で言った。

「別所さま、刻限でございます」

龍玄は立ち上がり、同田貫一刀を腰に帯びた。しゅっ、しゅっ、と袴の股立《ももだ》ちをとった。襖が開いて、両刀を帯びた若党が膝に手をおき頭《こうべ》を垂れた。

暗い板廊下を案内され、北側の日陰になった庭に出た。

庭は竹林が塀ぎわに囲《めぐ》り、小さな石灯籠《いしどうろう》がおいてある。塀の向こうは榊原家の中屋敷である。鬱蒼と木々が繁って、塀ごしに土蔵の屋根が見えた。

屏風《びょうぶ》が、板廊下をおりた庭の一画を四周していた。

その囲いの中で切腹が執り行われる。

明障子の閉じられた部屋が、縁廊下を隔てて庭に面していた。線香の香が明障子の中から強く嗅げた。

「こちらは？」

「持仏《じぶつ》の間でございます。みなさま、すでにこちらにお控えでございます」

明障子の中に、息を殺しそのときを待っている人の気配が充満していた。

草履が四足用意してあり、若党が先にたって屏風の囲いの中に龍玄を導いた。

囲いの奥に畳二枚を並べ、血止めの白布が敷かれている。空はまだ明るいが、四灯のろうそく台に火が灯《とも》されていた。白布の片側に首を納める白木《しらき》の箱と三方《さんぽう》が二台、片側奥に首を洗う水桶《みずおけ》と柄杓《ひしやく》がおいてある。

ただ、三方の一台には末期《まつご》の白盃《しろさかずき》と水を入れた徳利《とくり》、もう一台には切先を五、六寸（約十五～十八センチ）と柄をはずした中子《なかご》を残して杉原紙《すぎはらがみ》を巻き、紙縒《こよ》りで結んだ一尺七寸三分（約五十二センチ）の小太刀《こだち》が寝かしてあった。切腹刀は九寸五分（約二十九センチ）の小刀《こがたな》を使用するのが作法である。

「小太刀が、切腹刀なのですか」

龍玄はふと、気になって訊ねた。

「小六さまは幼きころより小太刀の修行に励まれました。最後は愛刀の小太刀でと、たってのお望みでございます。別所さま、小六さまがまいられます……」

若党は水桶の傍らに片膝つきで控えた。

龍玄は白布に上がり、足裏の感触を確かめつつ、奥の一灯のろうそくの傍らに佇んだ。鳥の鳴き声が間近に聞こえた。湯島天神の鳥か。龍玄は空を仰いだ。

そのとき夕風がそよいだ。

最初に姿を見せたのは、長身痩軀を白無垢《しろむく》の裃衣装に包んだ小六と思われる士《さむらい》だった。蒼白の顔に唇が干からび、血の色が浮いていた。細面《ほそおもて》に眼光が鋭く、高い鷲鼻《わしばな》の下の唇から顎にかけて細く尖《とが》った相貌《そうぼう》が、強い自尊心を感じさせた。

頭を恭《うやうや》しく下げた龍玄に、小六は応じなかった。小六の後ろに中條が、これは紺裃の拵えで従っていた。中條が龍玄へ一礼し、黙って三方と白木の傍らへ片膝づきで控えた。

小六は白布へ上がり、白布の中央よりやや前に端座《たんざ》した。屏風に隔てられているが、西向きの持仏の間に相対した位置である。

それからやおら、やや左後ろに進んだ龍玄へ空虚を湛《たた》えた黒目を投げた。

「別所龍玄か。小柄だな。大丈夫か」

「お任せを」

「試し斬りを生業にしていると聞いた。切腹場の介錯と試し斬りは同じではない。作法を心得ているだろうな」

小六はひどく生臭い物言いをした。

「滞りなく、相務めます」

士分でござる、とこの場合言うべきだったが、龍玄はそう答えた。

「別所、まずおれが腹をかっさばいて見せる。おれが合図を送る。介錯はそれからにしてくれ。よいか」

「ご存分に」

龍玄は鯉口を音もなく切り、同田貫を速やかに抜いた。

中條が三方を捧《ささ》げ持ち、水を注いだ末期の盃事が終ると、切腹刀の三方に替え、小六の二尺（約六十センチ）ほど前においた。小太刀の切腹刀は、刃を小六に向け、切先を左に向けて寝かせてある。

小六は裃の肩衣《かたぎぬ》をはずし袴の腰へ挟んだ。白無垢の前襟《まええり》をくつろげ、腹を出した。腹のあたりを、ゆっくり二度三度なで廻した。

龍玄は静かに上段へとった。

やおら小六は、三方へ右手を差し出し、小太刀に巻いた杉原紙ではなく、柄をはずした中子をひと握りにした。そして、それを目の前に掲げ、左の掌《て》を杉原紙を巻いたあたりに添えたのだった。

小六は、まるで何かの儀式を執り行うみたいに、刀身半ばと中子を握った両腕を捧げ持ち、頭を垂れ、祈りを無言で唱《とな》えるような仕種《しぐさ》をした。切腹にそんな手順はない。質実《しつじつ》に澱《よど》みなく行うのが武士らしいふる舞いである。

「小六さま……」

見かねた中條が、傍らから小声でたしなめた。

「わかっておる。慌てるな」

小六が顔を伏せたまま言った。夕風が屏風の間から忍び寄り、小六のほつれた髪を震わせた。龍玄は大刀を上段へかざし、身動きひとつしない。

静かだった。いつもと、何も変わりはしない。龍玄は動かなかった。

と、そのとき、夕風に流されてきたのか、ひとひらの薄紅色の桜の花弁《はなびら》が、屏風の囲いの中を舞った。

花弁は右や左へゆれながら、小六の白無垢の左肩へ止まった。

一瞬、花弁の動きが乱れた。小六の肩の震えを知らせるかのように、花弁が一瞬先に乱れたのだ。それが先触れだった。

絶叫が庭に谺《こだま》した。

同時に、小六が三方を投げ上げ、瞬時に身を左後方へひねり様《ざま》、中子を握ったひと薙《な》ぎの抜き胴がうなりを発して龍玄に襲いかかった。

花弁の乱れがなければ、龍玄はそれをまともに浴びたのに違いなかった。

龍玄は、ろうそく台と屏風を突き倒し、庭の一隅へ叩《たた》きつけられた。

ろうそくが庭をころころと転がっていく。

体勢をたて直しかけた途端、激しい痛みが身体の迅速な動きを奪った。

切先わずか五、六寸であっても、使い手の一撃ならば致命傷を与えるには充分である。

そのとき桶のそばで唖然《あぜん》となった若党が、小六の片手上段の袈裟懸《けさがけ》を浴び、ひと声叫んで屏風もろ共に吹き飛んだ。刀身を巻いていた杉原紙が、ばらばらになって宙を舞った。

小六はかえす刀で、抜刀しかけた中條の首筋へ打ち落とした。

「狼藉っ」

怒声を発した中條を、

「奉公人が、許さんっ」

と小六は喚《わめ》き、これも中子を握った刀身の片手一本でなで斬った。

中條の首筋から血飛沫《ちしぶき》が噴いた。中條はたち木が倒れるように屏風へ凭《もた》れ、屏風ごと倒れて庭の土埃《つちぼこり》を巻き上げた。

二人ともひと太刀《たち》である。

小六は龍玄に見向きもせず、白無垢の袖を引きちぎって中子に巻きつけながら、縁廊下へ走り上がり、持仏の間の明障子を蹴破った。

中にいた村越家の子供二人を含めて、村越夫婦、縁者や妻の実家の者らまで集まった十数人は、いきなりの斬りこみに仰天した。

悲鳴を上げ、みな四方へ転がり逃げ、折り重なって横転した。

だが小六は、誰を打つのか決めていた。動きに無駄がなかった。

次の間へ逃げようとして襖に衝突《しょうとつ》した兄・豊之助の背中を、真っ先に横薙ぎに荒々しく薙いだ。裃の背中を裂かれた豊之助は襖を押し倒し、次の間へ転がった。次に小六は、廊下奥の雪隠のほうへ逃げた伯父・甚十郎《じんじゅうろう》の肩に、

「一門の恥と吐《ぬ》かしたなあ」

と一撃を見舞った。

背後から肩を打たれた甚十郎はつんのめり、手水鉢《ちょうずばち》にぶつかって、手水鉢をごろんと倒し庭へ転がり落ちた。

ほかの縁者らは刀や脇差《わきざし》を抜いたが、甚十郎にひと太刀浴びせ狂気の相貌で持仏の間に駆け戻った小六と対するや、一合《いちごう》も合わさず床を鳴らして逃げ散った。

逃げ遅れたのが、豊之助の妻の久里だった。負傷した豊之助に、

「あなた、どうにかしてっ」

と夫の肩をゆすっていたところへ再び駆け戻った小六と目が合い、逃げようとした足首を、

「おいていかないでくれ」

と、逆に夫につかまれ、どしん、と倒れた。

「おまえは逃がさん」

小六は久里の島田を上から鷲づかみにして、仰《あお》のけに引き起こした。

悲鳴を上げるのもかまわず後ろへ引き倒し、切先を鉄漿の口の中へ、がりがりとねじこんだ。

「動くな。口を斬り裂くぞ。それとも喉《のど》の奥まで突っこまれたいか」

久里は目を剝《む》き、口を開けたままうめいて手足をじたばたさせた。太り肉《じし》の白い腿《もも》が剝き出しになったが、格好になどかまっていられなかった。

「おれの稼いだ稿料をさんざん使っただろう。もっと書け、早く書けとせっついた挙句《あげく》が一門の名を汚しただと。侍の恥だと。どの口がそんなことを吐かした。この口かあ。お仕置をされたいのは、この口かあ」

小六は久里の鉄漿の間に切先をかちかちと鳴らした。久里は剝いた目をぱちくりさせ、やがて、ああん、と泣きはじめた。

「こ、小六、やめろ。ゆ、許してくれ。気を鎮《しず》めてくれ」

負傷した豊之助が、ようやく上体を起こし、掌を合わせて拝んだ。

「おまえは引っこんでろ」

小六は豊之助の胸を蹴り飛ばした。

「おまえだ。おまえが腹を切れ。おれの稼ぎがほしかったのだろう。おれの金をあてにしたろう。違うかあ」

「その通りだ。わわ、悪かった。家名を守るために、みながそうしろと言うたのだ。だから仕方なく……」

蹴り飛ばされて仰のけに倒れた豊之助は、後退《あとずさ》りながら懸命に言い繕《つくろ》った。

「酒を持ってこい。さっさと持ってこい。おれの稼ぎで改築した、おまえらの居心地のいい居室で、酒盛りだ。わかったか」

「酒だな。持ってくる。ま、待っててくれ」

そこへ、久里の実家の縁者が、足音を忍ばせ小六の背後に迫った。

「とりゃあ……」

と、斬りかかった。

「戯《たわ》けが」

即座に小六は久里の口から抜いた刀身を翻《ひるがえ》し、半身《はんみ》になってそれをやすやすと横へ払い胴へかえす。実家の者は胴を裂かれて絶叫し、畳を鳴らして前のめりに仏壇へ頭から突っこんだ。

潰れた仏壇が実家の者の上に、がらがらと倒れて仏壇の仏具が散乱する。

その隙に久里はあられもなく転がり、四つん這《ば》いになって逃げたが、小六は、背後より島田を再び鷲づかみにし、そのままずるずると引きずった。

「やめてえっ。助けてえ……」

久里は太り肉の足をかき乱し、また獣のような悲鳴を上げた。

# 六

龍玄は疵《きず》を負った腹部を押さえ、同田貫を杖《つえ》に台所の間まで退《しりぞ》いた。

台所の間と勝手の土間には、女中と中間《ちゆうげん》、下男下女ら四人と縁者の女、かろうじて逃げおおせた二人の童子と童女がいた。座敷で起こったとんでもない出来事に、大人はなす術《すべ》もなく立ちすくみ、子供らは心細げに泣いていた。

龍玄は台所の板間に坐《すわ》りこんだ。疵を押さえる龍玄の腕は血で真っ赤だった。

中間と下男が恐る恐る、龍玄に近づいてきた。

奥の座敷のほうからは、悲鳴や喚き声、建物がゆれるほどの物の倒れる振動や物音が、途ぎれては聞こえてくる。

「別所さま、だ、大丈夫でございますか」

中間は龍玄を知っているらしく、青ざめた龍玄の顔をのぞきこんだ。

「ううむ。疵を洗いたい。盥《たらい》に水と手拭、酒、それから晒《さらし》を頼む」

中間と下男が頷《うなず》き合った。

龍玄は納戸色の小袖の襷を解き、肌着を諸肌《もろはだ》脱ぎに脱いだ。

着物を着ているとわからないが、小柄に見えても龍玄の裸体は肩幅があり、無駄な肉を削《そ》いで鋼《はがね》のような筋《すじ》に鎧《よろ》われているかに見えた。

その白い左腹部に五、六寸の疵が走り、血がだらだらと垂れていた。

龍玄は年配の下男が運んできた盥の水で、自ら疵を洗った。血の止まらぬ疵へ酒を垂らし、そこへ中間が持ってきた晒を腹にぐるりと巻いた。

「おぬし、わたしがよしと言うまで強く、何重にも巻いてくれ。あんたはここを押さえるのだ」

龍玄は中間と下男に言った。

中間が「どうですか」と訊き、「もっと強く」「もっと」「もっと……」と龍玄が歯を食い縛って繰りかえしながら、晒を巻きつけていった。

座敷のほうから豊之助が台所の間へ転がりこんできたのは、そのときだった。

「酒だ。酒がいる。酒を持ってこい」

豊之助が女中と下女に喚いた。そして、板間へべったりと坐り、深いため息と一緒に顔を落とした。

「えらいことに……」

と呟《つぶや》いた。だがすぐに顔を起こし、

「そうだ。誰も入れるな。人がきたらとりこみ中だと追いかえせ。子供を泣かすな。酒はまだか」

と、縁者の女や女中を怒鳴りつけた。そこで豊之助は、中間と下男に晒を巻かせている龍玄を見つけた。

「ああ、べ、別所どのっ。おぬしが、おぬしがちゃんと介錯をせぬから、こんなことになった。おぬしの不手際の所為《せい》だ。責任をとれ、責任を」

龍玄は豊之助を睨《にら》み上げた。その形相に、豊之助は途端にたじろいだ。

「だから、おぬしがだな、ちゃんと介錯をしておれば、その……」

豊之助の怒声が萎《しぼ》んだ。

龍玄は着物の袖に両腕を通し、同田貫を杖に立った。

「わたしは介錯にきたのです。一門の争いを鎮めにきたのではありません」

そう言って一歩踏み出すと、豊之助は怯《おび》えて、二歩、三歩と退いた。

女中が豊之助に一升徳利を差し出した。

「旦那さま、お酒を」

久里らしき女の悲鳴が座敷のほうから響き渡り、小さな子供らの泣き声が高くなった。子供らの泣き声に誘われ、台所のみなが咽《むせ》び始めた。

「豊之助さん、ご近所の方々に助けをお願いいたしては……」

縁者の女が言い、豊之助は、

「だめだ、だめだ。わが家の面目《めんぼく》が失われる」

と顔をしかめてかえすものの、打つ手はなかった。

「わたしが行く。徳利をもらおう」

龍玄は女中に言った。みなが龍玄を見た。

龍玄が行くしかなかった。龍玄は、竈《かまど》わきの流し場に桜の小枝を挿《さ》した花活《い》けを見て「それは？」と訊いた。

「へえ。小六さまの亡骸《なきがら》のお供《そな》えに、用意しておりました」

下女が答えた。

それも、くれ――と、同田貫を再び腰へ帯びた。


書院の次の間に三人の男らがいて、襖を二寸（約六センチ）ほど開けて書院の様子を、代《か》わる代《が》わるのぞいていた。書院より久里のすすり泣きが聞こえてくる。すすり泣きの合い間に、小六がわけのわからない奇声を発していた。

「みなさん、おそろいですか」

龍玄が声をかけ、三人がふりかえった。

龍玄は徳利を抱え、着物の後ろ襟に桜の小枝を差していた。小枝には、数輪の薄紅色の桜が咲いている。一見、花見酒をするかのようなのどかな風情に見え、三人は訝しげに小首をかしげた。

「二人は庭のほうを見張っておる。暴れ出したら手がつけられん。どうする」

ひとりが、縁者でもない龍玄に小声になって訊いた。

「わたしが行きます。みなさんはここで後詰《ごづめ》を」

龍玄は書院と次の間を仕切る襖の傍らへ立ち、声をかけた。

「酒を持ってきた。小六どの、開けるぞ」

「ぐずぐずするな」

小六が襖の奥で怒鳴った。久里のすすり泣きはやまない。

襖を開けた。十二畳はある広い書院だった。夕暮れの明るさが残っていて、襖の正面の、庭側の明障子が白々と座敷をうす明かりに包んでいる。

書院の右手に床《とこ》わきの違い棚と床の間があり、小六は一段高い床の間に腰かけていた。中子に白無垢の袖を引きちぎって巻きつけて柄のように拵えた刀身を、傍らの畳へ突き刺していた。

床わきに久里がうな垂れて端座し、首輪にした帯締めで首を括《くく》られていた。帯がほどけて、捨てられている。

久里は、はだけそうな黒の留袖の前襟を片手で押さえ、一方の手は締めつける首輪の紐《ひも》をつかんで、苦しそうに息を喘《あえ》がせていた。その紐尻《ひもじり》を小六が手に巻きつけてとり、久里が少しでも動くと容赦《ようしゃ》なく引っ張った。

久里の顔が歪《ゆが》み、うめき声とすすり泣きがこぼれていた。

襖を閉じると、小六が訝しんだ。

「おぬし、まだいたのか。今さら何をしている」

「まだ為《な》すべきことを為していない」

「為すべきことだと？　馬鹿《ばか》か。おれは切腹などする気はない。切腹はとりやめだ。手加減をしてやった。命を拾ったのだ。さっさと家へ帰れ。次は命を落とすぞ」

「酒を持ってきた。ここにおくのか」

束の間、小六は龍玄を睨み、考えた。

「よかろう。刀をそこに捨てて、こっちへこい。喉が渇《かわ》いた」

龍玄は腰の同田貫をはずし、襖の傍らへおいた。

それから後ろ襟に差した桜の一枝《いっし》を左手に提げた。

右に徳利を抱え、無腰ののどかな格好で床の間へ近づいて行った。桜の小枝に咲いた数輪を玩《もてあそ》びながら、ゆっくりと歩んだ。

小六は不審の色を目に浮かべ、畳に刺した刀身をつかんだ。

龍玄は、小六から二間（約三・六メートル）足らずの間を空け着座した。桜の小枝が龍玄の膝の上にある。小六と久里へ笑みを投げ、徳利を押し出そうとしたとき、

「まず、おまえがひと口飲んでみせろ」

と、小六が言った。龍玄は黙って栓を抜き、右手一本で一升徳利を持ち上げ、喉を鳴らした。そうして畳へ戻し、小六の足下《あしもと》へ押し出した。

小六は赤い唇を歪めた。

徳利を持ち上げ、雫が首筋にしたたるのもかまわず貪《むさぼ》り呑んだ。

刀から手を離したが、久里の首輪の紐尻は離さなかった。

「糞《くそ》お。美味い。喉がひりつく」

小六は腕で口をぬぐい、また徳利をあおった。それから、

「卑《いや》しい首斬人が。命より金か」

と、荒い息を吐きつつ、徳利を膝の上においた。

「首斬人の生業を卑しいと思ったことはない。小六どのは戯作を卑しい生業と思ってやっていたか。戯作の生業を卑しいと思ったなら、咎められて当然だ。武士らしく、腹を切ったらどうだ」

「下郎《げろう》が、知りもせぬくせにほざくな。武士らしくだと。どこの馬の骨かもわからぬ輩《やから》が武士をかたりおって」

一升徳利を足下に荒っぽくおき、再び袖を巻きつけた刀の柄をつかんだ。

「女を放せ。縁あって兄嫁になったのだ。それ以上苦しめるな」

「おぬしのような下郎が、賢《かしこ》ぶった物言いをするのを聞くのは傍《かたわら》いたい」

小六は床の間から立ち上がり、龍玄を睨み下ろした。

「この女はな、おれに戯作を書け、もっと稼げとあおった。おれは才があった。才があれば金を稼げる。才もないくせに身分と禄にすがる貧乏侍とはおれは違うのだ。ところがこの女はどうだ。身分と禄は離さぬ。だが分不相応な贅沢《ぜいたく》はしたい。綺麗な部屋に住み、いい着物を着、美味い物を食いたい。だからおれに書けと言った。もっと稼げとな」

久里の首輪の紐尻を持ち上げた。首輪が締まり、久里が喘いだ。

いいか、下郎——と畳に刺した刀を抜きとり、龍玄へ切先を突きつけた。

「戯作者など、武士にあるまじきふる舞いと支配役より喚問状が届いた。おれは初めてという情状を酌量され、謹慎の咎めを受けた。そこで筆を断たざるを得なかった。ところがこの女は言ったのだ。一度咎められたのだから当分目をつけられぬ。今こそいい機会だ。どんどん書いて稼げとな」

龍玄は黙って小六を見上げている。

「笑わせる。小普請方旗本五百石の奥方が、あれに幾らこれに幾ら、家計のやりくりは大変なのですと、いかがわしい戯作者の稿料にたかるのだ。豊之助は、あの小心者は、馬鹿な女房の言いなりだった」

座敷は次第にうす暗くなっていく。

「支配役より二度目の喚問状がきた。豊之助とこの女はうろたえた。武士の咎めに二度は情状を酌量されることはない。おれの重き咎めはまぬがれぬ。そうなると村越家に累《るい》がおよぶ。それを恐れてうろたえたのだ。おれに書け、書いてもっと稼げと言ったこの女が、途端におれが家名を疵つけた、一門の恥、武士にあるまじきふる舞い、腹を切れと、喚きたてた」

小六が紐尻を締め上げ、久里が紐にすがって喘いだ。

「それが理不尽だと、同情してほしいのか」

龍玄が言った。

「何《なに》い、下郎ごときに武士の無念が、そそのかされ、挙句に生贄《いけにえ》にされる無念がわかりはせぬわ」

「小六どのは、それが武家の体面《たいめん》を守るとりつくろい方と承知していた。それを承知でそそのかされた。そそのかされるふりをした。分不相応な贅沢をしたかったのは、小六どのも同じだ。小六どの、手遅れだ。武士らしく潔《いさぎよ》くするときだ。武士と言うなら武士らしく、わが介錯を受けよ」

龍玄は片膝立ち、桜の小枝をかざした。小六が突きつける一刀に相対した。

「おぬし、それでおれの介錯をするつもりか」

「いかにも。小六どののごとき、これで十分」

龍玄は桜の小枝を、小六の切先へからかうようにからめた。

「おのれっ」

激昂《げっこう》した小六の一撃は、久里を引きずったため、踏みこみが甘かった。動きが遅れた。打ち落としたとき、眼前に龍玄の姿はすでになかった。

空《くう》を斬った刀身の周りを、数枚の花弁がひらひらと舞っている。

「小六どの、こちらだ」

龍玄は小六の二歩右手、庭に面した縁廊下の白い明障子を背に片膝立ち、やはり桜の小枝をかざし身がまえていた。

まだ明るさは残っているものの、明障子を背にした龍玄の身体は黒い影に包まれた。ただ、かざした小枝の桜の花だけが薄紅色を放っていた。

小六が強引に踏み出すと、久里は身体を支えられず着物を乱して倒れた。

久里を引きずり、龍玄へ片手上段から袈裟懸を浴びせた。

龍玄は易々《やすやす》と身体をなびかせ、ひゅん、と空を打たせる。

小六は瞬時に手首をかえして斜め横へ薙いだ。

それを龍玄は身体を畳んで流し、流れた隙を逃さず、身体を素早く起こして小六の鼻先を小枝で、さっ、とひと薙ぎに薙いだ。

花弁がはらはらと散り、小六の顔へまとわりついた。

ああっ、ちい、と小六が顔をそむけ、一歩退いた。

片膝立った龍玄は、明障子を背に変わらず小枝をかざし身がまえている。

「これが真剣なら、小六どのは顔面を裂かれておったな」

「何を」

紐尻を引きずりながらふり上げた切先が、書院の天井を乾いた音をたてて打った。小六が天井に目を奪われる。

「女を放せ。隙だらけだぞ、小六どの。それではわたしを討てぬ」

小六が顔面を歪め、紐尻を投げ捨てた。そうしてひと声、奇声を発し龍玄へ襲いかかった。だが、渾身《こんしん》の荒々しい打ちこみは、かえって動きを粗雑にした。

一打二打と龍玄は躱《かわ》し、三打目に小六のわきをすり抜け、小六の背後にひと回転して、素早く片膝立ちに身を直した。

小六が勢い余って明障子を斬り破り、障子戸を薙ぎ払い身を翻したとき、龍玄と小六の対峙《たいじ》は、互いの位置を正反対に入れ替えた。

龍玄の後ろで、久里が首輪をゆるめながら這っている。

「奥方、今だ。逃げよ」

久里が悲鳴を上げながら懸命に身を起こし、書院と次の間を仕切る襖に激しくぶつかった。だが、慌てて襖に手がつかず、途端に足をすべらせ横転した。

立ち上がろうともがく久里を、小六が逃がすまいと追いかける。

龍玄はその小六の前へ、すすっと膝立ちを進めて行く手をはばんだ。

桜一枝のかまえは変わらず、ただ薄紅色の花弁がひらひらと舞っている。

「どけえっ」

叫んだ刹那《せつな》、小六は龍玄の同田貫に気づいた。黒鞘が光る同田貫は、龍玄の左斜め後方、一間半（約二・七メートル）ほど離れた襖のわきへ寝かせている。

わっ、とそれへ身を転じたとき、小六の目の前に、ふわり、と白い塊が流れた。

小六は思わず足を止め、塊を刀で払った。塊は打ち砕《くだ》かれ、陶器の欠片《かけら》と呑み残した酒の飛沫《しぶき》を宙に飛び散らせた。

龍玄が身を入れ替えた束の間にとった徳利を、投げ上げたのだった。

小六が顔をそむけた。

そむけた顔を瞬時に戻した小六が見たのは、襖を背に同田貫の鞘と柄を両手につかんで身がまえ、片膝立ちに対峙している龍玄だった。

小六の怒りにたぎる目と龍玄の鋭い眼差しが交差した。

「小癪《こしゃく》な、下郎っ」

小六が叫んだ。龍玄の頭上へ上段からの一撃を見舞った。

だが小六はそのとき、龍玄が同田貫の鞘と柄をつかんだまま、そよぐように右へ痩軀をすべらせていくのを目で追っただけだった。

小六の一撃は空を斬り、空を遊ばされ、龍玄の変化に追いつけなかった。

「ごめんっ」

龍玄が片膝立ちのまま言いながら、鞘を払う。

小六は明るさのうすれてゆく部屋の中で白刃が軽《かろ》やかに舞うのを、目で追った。

それは刹那で、小六に声はなく、苦痛もなく、ただ、冷たいと思った。

龍玄は一閃《いっせん》した刀を左下へ下ろし、無の中で静かに呼吸を整えた。

小六が両膝をつき、手を力なく落とした。刀身だけの小太刀が畳へ転がった。

力が失せてゆらめきながら坐りこむのと一緒に、喉の皮一枚を残して小六の首が胸元へ落ちた。

血は冷徹な刃に凍りついたかのように、噴き上がらなかった。

しゅ、しゅ、と数度、こぼれ出る音がした。

襖と夕暮れ間近の庭側の明障子が開けられ、後詰の縁者たちがのぞきこんだ。

縁者たちが見守る中で、小六が抱え首の身を俯《うつぶ》せると、首だけが小さく震えた。

久里の悲鳴が静寂を引き裂いた。

# 七

寛永寺の鐘が六ツ（六時頃）を報せておよそ四半刻《しはんとき》（約三十分）、夕闇がすっかりおりたころ、切通しの旗本・村越家で何やら大変な出来事が起こったらしいという噂が、周辺の町に早や広まっていた。

講安寺門前の龍玄の住居《すまい》にその噂を伝えたのは、切通し町の酒屋の御用聞だった。百合は間もなく帰ってくるはずの龍玄の夕餉《ゆうげ》の支度を調《ととの》えていた。

茶の間では、静江が杏子をあやしていた。

「あの、こちらは別所龍玄さまのお住居で」

と、御用聞は言った。

「……ご親戚《しんせき》のみなさんがお集まりの最中に何か不測の事態が起こったらしく、沢山の方々が斬ったり斬られたりとか。村越さまの端女が慌てふためいて話す中に、別所龍玄さまがどうのこうとお名前が聞こえ、別所さまと申せば確か講安寺門前のと思い出し……」

百合は手にしていた皿を勝手の土間に落とし、皿が割れた。杏子が泣き出し、静江が懸命にあやした。

百合は震えが止まらなかった。家から走り出て、無縁坂へ出る曲がり角に立った。杏子を抱いた静江が百合を追いかけてきた。杏子はぐずっている。

無縁坂は暗く、坂上の加賀屋敷も坂下の不忍池も、寛永寺も見えなかった。ただ、茅町の盛り場の町明かりが、ぽつぽつ、と闇の彼方にちらばっているばかりだった。百合は襷をはずし、

「お義母《かあ》さま、村越さまのお屋敷へ行ってきます。杏子をお願いします」

と、震える声で言った。

「そ、そうかい」

静江が不安顔になって答えた。

百合が走りかけたそのとき、坂下から町駕籠《まちかご》の声が聞こえた。棒の先に下げた提灯《ちょうちん》が、えい、ほう、ほい、さあ、の声に調子を合わせてゆれていた。

「百合、駕籠ですよ。駕籠がきますよ」

静江が言った。杏子がぐずるのをやめ、ゆれる提灯の灯《ひ》を見ていた。駕籠かきのしっかりした足どりが提灯の灯の中に見えた。

龍玄さん……

百合は呟いた。

やがて町駕籠は曲がり角の三人のそばへきて止まった。前の片棒を担ぐ駕籠かきが百合に訊いた。

「こちらの小路に、別所さまのお屋敷がございやすか」

「はい。こちらです。別所の家の者です」

「おう、ここだ。行くぜ」

駕籠かきが相棒に言った。

「あなたっ」

百合は駕籠の傍らへかがみ、覆《おお》いを払った。

駕籠の中で、刀袋と村正の大刀を肩に抱いた龍玄の青ざめた顔が百合を見上げた。龍玄は百合と目を合わせ、弱々しく頰笑んだ。

なぜか百合は、胸がつまった。

「おお、百合か。どうした。おや、母上と杏子も一緒か」

「怪我《けが》を、なされたのですか」

「心配ない。あとで話す。少し休みたい」

龍玄は笑みを消さずに言った。

「龍玄さん」

百合は湯島天神の男坂で、十五年ぶりに龍玄に出会ったときのように言った。

背がのびましたね——龍玄は湯島天神の男坂で聞いた百合の声を思い出した。

駕籠が、ぎし、ぎし、と音をたて、母親の静江と杏子の声がまじった。

龍玄の脳裡《のうり》にあるのは、為すべきことを為し終え帰ってきた、という実事《じつじ》だけだった。苦痛も怒りも、昂揚《こうよう》も落胆もなかった。龍玄の心は静かで、しかしその静かさが龍玄自身をいつも、少し憂うつにした。

心配ない。あとで話す——龍玄は頰笑みの中で繰りかえし、目を閉じた。

# 一期一会

## 一

庭の楓《かえで》に青葉の繁る夏の初めころに、別所龍玄の疵《きず》は癒《い》えていた。

蝉《せみ》の騒ぐ季節にはまだ早いが、夏の匂いを運んでくる南風《みなみかぜ》のような金魚売りの声が、無縁坂からひっそりと聞こえた。

庭の白い陽だまりに楓の木陰《こかげ》が淡い墨色の絵模様を描き、うららかな午後の気配は淡々と流れていた。

ばぁぁ……

と、妻の百合の膝のそばに寝かされ、真綿《まわた》みたいに白い小さな手足を宙に遊ばせている杏子が言った。

「はあい。なんですか。母は、いますよ」

百合は衣装簞笥《だんす》から出した龍玄の着物と帯を畳へ並べながら、傍らの杏子へ頬笑みかけた。そして膝立ちになって龍玄の藍鼠《あいねず》の単衣《ひとえ》を衣桁《いこう》へかけ、塵《ちり》や埃を細い手先で軽く払う仕種をした。

するとと杏子がまた、虫の羽音のように母親へ呼びかけた。

ばぁ、ああぅぅ……

「はあい」

百合は単衣から杏子に笑みを移し、その笑みのまま龍玄へ向いた。

「あなた、そろそろお支度をなさってください」

杏子が百合の眼差しに導かれて龍玄へ向き、手足を龍玄のほうの宙へ投げかける仕種をして寝がえりを打った。ひと月余前、

「あら、寝がえりが打てましたねえ」

と、茶の間で百合の声がはじけ、龍玄の母の静江が、

「おやあ杏子、えらい、えらい……」

と、掌《て》を叩いていたのを、龍玄は居間の文机に向かって聞いた。

腹ばいになった杏子はもうすぐ這《は》い〳〵をしそうだった。それでも、透《す》きとお

ってさらさらとした毛の生えてきた頭を重たげにもたげ、じっと龍玄の顔つきをうかがっている。

龍玄は、庭の景色より杏子へ誘われた目をそらさなかった。

杏子と目が合い、ほのかに心をなでて流れてゆく愛《いと》おしきときの気配を、感じていたのだった。

無縁坂の金魚売りの呼び声は、聞こえなくなっていた。

百合に手伝われて出かける支度をしていると、中の口の戸が開き、昼すぎよりお玉《たま》をともない出かけていた静江が戻ってきた。

「はい、ただ今。やれやれ……」

静江が中の口から茶の間へ上がりつつ、ぶつぶつと何かを呟いた。

勝手口に廻ったお玉が「ただ今戻りましたあ」と、土間で元気な声を出した。

半月前、下女のお玉を雇った。

「下女を雇いなさい。百合が大変です」

いいですね、龍玄――と静江に言われ、すぐに雇うはずだったが、龍玄が思わぬ怪我を負ってののびのびになったのを、静江が指図してお玉に決めた。

お玉は十六歳。今戸焼《いまどやき》で知られる今戸町《いまどちよう》の瓦職《かわらしよく》の娘である。日に焼けた顔

に団子鼻の器量はよくなかったけれど、

「人は見た目ではありません。心が明るく素直なのがいいのです」

と、静江が気に入って、むろん住みこみ奉公で雇い入れた。お玉は茶の間の奥の、中の口の土間に隣り合わせた三畳ほどの小部屋に寝起きしている。

静江は夫の勝吉、すなわち卒中で倒れ龍玄が十九のときに亡くなった父親の存命中より、御徒町や本郷、小石川の小禄《しょうろく》の武家を相手に金貸しを営んでいた。

御徒町の御家人の末娘ながら算盤《そろばん》ができ、金勘定の才覚があった。

少しばかりの融通というほどの金貸しだったが、年利一割三分の利息に、御蔵前の札差の融通と同じ、春夏冬の三季切米に合わせ、三月《みつき》ないし四月《よつき》縛りで手数料をとり、それが今も続いている。

ただ静江は、倅《せがれ》の龍玄にも百合にも、金貸しでいかほどの儲けを出し、どれほど蓄えがあるのか、教えなかった。

「龍玄が、いずれ剣道場を開くときの元手作りですから」

百合が龍玄の元に嫁いできた当初は、そう言った。

「杏子がお嫁入りをするとき、支度にお金がかかりますのでね」

というふうに、杏子が生まれてからは言った。

百合の育児と家事仕事が「大変です」と言った静江が、借金や利息のとりたてに、お玉をともなっていくようになった。

静江とお玉の、とりたての首尾を話しているらしいひそひそ声が、茶の間のほうから聞こえた。

「あとは、自分でやる」

龍玄は小倉《こくら》の黒袴を淡い藍鼠の小袖の上につけ、百合に言った。

ええ――と、百合は龍玄の小倉袴の裾を後ろから整えるようにひとなでし、それを見上げていた杏子を腕の中に抱きとった。

「杏子、お祖母《ばあ》さまがお戻りですよ。さあ、行きましょう」

百合は杏子をあやしつつ、龍玄を残して茶の間へ行った。

「はああい、杏子、戻ったよ」

「お義母さま、お戻りなさいませ」

「あなたと龍玄に、かる焼を買ってきました」

「まあ、美味《おい》しそう。杏子。お祖母さまがお土産を買ってきてくださいましたよ。よかったねえ」

「下谷《したや》の練塀小路《ねりべいこうじ》まで行ってきましたのでね。松下町代地《まつしたちょうだいち》で売っている淡かる焼です。子供のころ、うちが貧乏で買ってもらえなくて。代替わりしていましたが、東都名物と幟《のぼり》をたてて、まだお店が残っていたのでつい買ってしまいました。お玉とはそのお店でいただいてきました。ねえ、お玉」

「はい。大奥さまと御一緒にいただいてまいりました。本当に美味しゅうございましたあ」

「では、お茶を淹《い》れましょう。お玉は菓子箱へ入れ替えてちょうだい」

「はあい、奥さまぁ」

お玉が大きな声を上げ、女たちの笑い声にまじって杏子の声も聞こえた。

お玉は母の静江を《大奥さま》、妻の百合を《奥さま》と呼んだ。武家の家はすべて、旦那さまの妻を《奥さま》と呼ぶものと、お玉は思っている。せめて言うなら《お内儀《ないぎ》さま》だが、龍玄の妻なら《おかみさん》が一番ふさわしい。御用聞や両天秤《りようてんびん》のぼてふりなどは、《お内儀さま》である。

龍玄の屋敷には、形ばかりの取次の間と玄関式台があった。

龍玄が五歳のとき、父母と共に妻恋町の裏店《うらだな》から越してくる以前、浄土宗の講安寺門前の裏店にありながら、屋敷は儒者《じゆしや》の住居《すまい》であった。儒者は私塾を開くために屋敷を建てるにあたり、形ばかりの取次の間と玄関式台を作った。

父親の勝吉は、武家の体裁をひどく気にかけた。

勘定にうとい夫・勝吉の稼ぎをやりくりし、家計をよく支えた静江の才覚で地面の沽券《こけん》ごと屋敷を手に入れるについて、勝吉が唯一気に入ったのは、形ばかりとはいえ、この取次の間と玄関式台のある造りだった。

表玄関があるから奥方《おくかた》がある。

勝吉は、町家《まちや》の裏店とは言え、玄関のある住居の主《あるじ》になった。

「奥さま、か……」

龍玄は裏庭に薄墨《うすずみ》色の模様を落とす楓へ目を遊ばせたまま、小倉袴の紐をゆったりと絞《しぼ》った。腰紐が細く締まりすぎ「あまり貫禄がありませんね」と、以前、百合に言われた。龍玄はそれを思い出して笑った。

黒羽織を羽織った。黒鞘の小刀《しょうとう》を腰に帯び、右手に大刀《だいとう》を携えた。

茶の間の炉を囲み、百合が茶の支度にかかって、お玉はかる焼きを菓子箱用の行李《こうり》に入れていた。静江が杏子を抱いてあやしている。

「母上、お戻りなされませ」

龍玄は端座し、静江に辞宜《じぎ》をした。

鍔《つば》と鞘が板間に鳴り、杏子が驚いたように刀を見た。

「あなた、お義母さまがお菓子を買ってきてくださいました。少し、召し上がっていかれませんか」

百合がふり向いて言った。

「いや。余裕を持って行きたい。菓子はみなで食べるといい」

「龍玄、どちらへ出かけるのですか。今日は仕事では、ないのでしょう」

静江が杏子をあやしながら言った。

「大沢虎次郎先生のお招きがあったのです。戻りは少々、遅くなると思います」

出かける――と、龍玄は百合へ頰笑んで立ち、茶の間から拭板《ぬぐいいた》のある中の口の土間へおりた。

「いってらっしゃいませ」

「旦那さま、いってらっしゃいませ」

百合と百合の後ろにお玉が板間に着座して龍玄を見送り、杏子を抱いた静江はお玉の傍らに立って、

「杏子、お父さまがお出かけですよ。いってらっしゃいませ、をしましょうね」

と、杏子に甘ったるく言った。

龍玄は門前通り裏の小路《こうじ》から、南の無縁坂に出た。

坂下に池之端の茅町の屋根屋根と、蓮《はす》の緑に覆われた不忍池が見下ろせた。不忍池の向こうに、午後の陽射しが降る上野寛永寺の御山《おやま》の緑と、うっすらと霞《かす》んだ青空が天高く広がって、坂下の茅町の辻には、両天秤の桶を下げた金魚売りの姿が小さく見えた。

龍玄は無縁坂を上《のぼ》った。

講安寺門前の町並はすぐに途ぎれ、大名屋敷の土塀が道の両側に続く。坂の上で加賀前田家上屋敷の白塀にあたり、そこからは幾つか角を折れてだらだらと上り、麟祥院わきより切通しへ出る。

切通しを本郷へとって、やがて本郷四丁目の往来に出ると、表店《おもてだな》が軒を並べ、荷車なども通り、人通りも賑やかである。

総髪に一文字の髷《まげ》を結った艶《つや》やかな龍玄の黒髪に、午後の日が戯れかかった。

二

別所龍玄はこの春、二十二歳になった。

皺《しわ》ひとつない広い額の下に、二重《ふたえ》の目の上の細い眉が切れ上がり、ひと筋の鼻《び》梁《りよう》と、わずかに張ったなだらかな輪郭を見せる顎の中に、きりりと結んだ赤い唇が光っている。

童子のころ、どこか面《めん》のような相貌を見て爺さまの弥五郎が言った。

「男前だ。だが、ふてぶてしい。いい面《つら》がまえをしておる」

龍玄は、顔だちも身体つきも、爺さまの弥五郎や父親の勝吉とは似ていなかった。小柄でなで肩の、ほっそりした母親の静江似である。

爺さまも父親も五尺八寸余あったが、龍玄は五尺五寸足らずの中背《ちゆうぜい》だった。

父親の勝吉は倅の中背の、どこか優しげな痩軀をしきりに気にかけた。

「おまえは介錯人として、別所一門の名を継がねばならぬぞ」

勝吉が由緒あり気に一門を守れ、と命ずるように言ったのは、龍玄が十三歳のときだった。

「血を見るのは、いやです」

十三歳の龍玄は、本心から答えた。

「武家の子が何を言う。おぬしは別所一門の流れをくむ……」

それから三年がたち、龍玄が本郷は喜福寺《きふくじ》裏の菊坂臺町《きくざかだいまち》に冠木門《かぶきもん》をかまえる大沢道場に通っていたころ、勝吉は、一刀流の大沢道場で倅が達していた腕前を知らぬまま、下僕《げぼく》として牢屋敷の首打ちと《様場《ためしば》》の試し斬りに立ち会わせた。

その帰途《きと》、頼りなげな倅の様子を見下ろして言った。

「どうだ。おぬし、やれるか」

牢屋敷の《首打役》をである。

「さあ……」

龍玄は曖昧《あいまい》に答え、勝吉に落胆のため息を吐かせた。

勝吉は爺さまの弥五郎から継いだ牢屋敷の《首打役》、正しくは首打役の《手代わり》を、生業《なりわい》にしていた。

それを勝吉は、自ら《介錯人・別所某》と称していたのである。

別所の名は爺さまの弥五郎が、元は摂津高槻領の別所一門、と自認していた。

しかし、摂津高槻領に別所という一門があるのか、そのような一門の爺さまの縁者が暮らしているのか、龍玄は爺さまから聞いた覚えはない。

弥五郎の父親、すなわち龍玄の曾祖父が亡くなったのち、弥五郎は主家《しゅけ》を離れて浪人となり、ひとり江戸へ下った、と龍玄は聞かされていた。むろん、江戸に下って別所弥五郎と称したが、弥五郎が主家を離れた事情や、なぜ国を出て江戸に下ったのか、そのわけを語らなかった。おそらく父の勝吉も母の静江も、聞いたことがないのだろう。

爺さまが摂津高槻領の別所一門と称したのならそれでよい。血筋の知れない、出自は武家なのかそうでないのかもわからない爺さまの孫として、爺さまの倅の勝吉の倅として、自分は今ここにある。それだけだ、と龍玄は思っている。

牢屋敷の首打役は、町奉行所の一番年の若い同心の役目である。執刀《しっとう》の研代に二分の手当金《てあてきん》が出る。首打ちは、相応の技量と胆力を必要としたし、失敗は許されない。だが、失敗はある。

よって、町奉行御用という扱筋《あつかいすじ》により下請《したうけ》、すなわち手代わりが認知された。執刀名義は同心のままで、首打役の手代わりを刀剣鑑定《かんてい》を頼まれた侍が果たした。名義の同心は二分の研代を受け、手代わりの侍からも礼金をとった。

一方、刀剣鑑定を頼まれた侍は、太刀の利鈍《りどん》を鑑定し、鑑定を依頼した武家より礼金を得た。

鑑定は腕に覚えのある浪人が果たした。太刀の利鈍を鑑定するために、打ち首になった罪人の胴を試し斬りにした。牢屋敷には試し斬りのための《様場》がある。

将軍家に御腰物《おこしもの》奉行扱いによる《御試《おため》し御用》の役がある。

山野流《やまのりゅう》の山野勘十郎久英《かんじゅうろうひさひで》が十人扶持を以《も》って正式に役を与えられた。その門弟に五人の士《さむらい》がいて、格式と扶持を与えられた山野勘十郎久英の門弟として《御試し御用》の下請役を務めた。

山野家が途絶え、下請役を務める五人の門弟の中で享保《きょうほう》まで残ったのが、山《やま》田浅右衛門《だあさえもん》と倉持安左衛門《くらもちやすざえもん》だったが、倉持安左衛門が享保二十一年（一七三六）の春に病死してからは、将軍家御腰物《御試し御用》は山田家の世襲となった。

ただし、《御試し御用》の正式の役はなく、山田家は身分のない浪人である。

別所弥五郎は江戸へ下って、晩年の倉持安左衛門の食客となった。

膂力《りょりょく》と胆力にすぐれ、腕、技量に覚えのあった弥五郎は、首打役の下請け役の倉持安左衛門の、そのまた代役を務めたことが始まりらしかった。

倉持安左衛門が病死したのち、弥五郎に刀剣鑑定の依頼はなくなった。ところが、弥五郎が代役を務めた首打役の同心らの口伝《くちづて》により、「倉持安左衛門が推奨《すいしょう》していた別所弥五郎という浪人は凄腕だ」と広まった。

弥五郎を名指しで、刀剣鑑定の依頼が少しずつき始めた。

というのも、太平の世が続いて質実を旨《むね》とする武家の暮らしは華美を競い、それゆえに、武門に相応しい刀剣鑑定を求める武家が増えていた。

殊《こと》に、刀剣が嫁入り道具のひとつとして重宝《ちょうほう》され出してからは、刀剣鑑定は流行《はや》りですらあった。

将軍家《御試し御用》を世襲する山田家は、当然のごとく、大名や大家の武家の刀剣鑑定の依頼は多かった。だが山田家では、一刀の鑑定に安くて数十両、中には百両、二百両とかかった。

凄腕ながら礼金は「お志《こころざし》で」という弥五郎にお鉢が廻ってきた。

別所家の弥五郎が倉持家の推奨で牢屋敷の首打役の手代わりを務め、それをのちに弥五郎は生業にした。

父の勝吉が首打役を爺さまから継いだ当時、刀剣鑑定、すなわち試し斬りの先代・別所弥五郎の名は、武家の間でそれなりに通っていた。

山田家と比較にならないものの、刀剣鑑定の礼金によって暮らしはそれなりに豊かだった。幼いころの龍玄に、貧しいという覚えはない。

父の勝吉が牢屋敷の首打役ではなく、《介錯人・別所一門……》と称し始めたのは、湯島の妻恋町の裏店より、無縁坂にある講安寺門前の裏店に越してきてからだ。

介錯人の介錯と首打役の首斬りとは、同じ斬首であってもまったく別の行為である。介錯人は切腹の介添役であり、切腹は武士にのみ許された自裁《じさい》である。

介錯人・別所某……

と、勝吉は名乗ったが、自らが介錯人を務めたことはなかったのだろう。介錯人を務めた覚えがあれば、倅の龍玄に繰りかえし自慢したに違いない。

講安寺門前の裏店に越して数年後、勝吉は刀剣鑑定の依頼に訪れた数万石の大名家の使者を迎えた。

大名屋敷から使者がきたとき、勝吉は玄関式台上の取次の間に着座し、手をついて低頭し使者を迎えた。平身低頭しつつも、大名家の使者を迎えるその折りの勝吉の誇らしげな相貌を、龍玄は子供心にも覚えている。

また同じころ、別所家の二代目として、勝吉は北町《きたまち》奉行にお目通りを許されたことがあった。建て前は町奉行御用の扱筋により、首打役の手代わりを認知されている勝吉は、牢屋敷囚獄《しゅうごく》・石出帯刀《いしでたてわき》に属し、石出帯刀は町奉行配下である。

その御奉行様にお目通りとは、まことに畏《おそ》れ多い。

むろん、公式のお目通りではなく、御奉行様の居室の縁廊下まで膝行《しっこう》し、「別所勝吉か、ふむ……」と、言葉をかけられただけだが。

同じ首打役の手代わりの浪人でも、将軍家《御試し御用》を世襲する山田家とは扱いがまるで違っていた。それでも、そのころが別所勝吉の一世一代の誉《ほま》れのときだったかもしれなかった。

「おまえは介錯人として、別所一門の名を継がねばならぬぞ」

十三歳の龍玄にそう言った勝吉の誉れが、龍玄の心に少し物悲しい重さを残していた。もしも、卒中で倒れ、妻恋町の裏店で亡くなった爺さまが存命していたなら、「勝吉、よせ」と言ったのではないか。

龍玄が牢屋敷の首打役の手代わりを務め、そのあとの様場での試し斬りを初めて果たしたのは十八のときだった。罪人は商家《しょうか》に押しこみを働いた本所の地廻りである。背中から二の腕にかけて青い彫物があった。

様場の試し斬りの折り、龍玄が土壇《どだん》に乗せられた地廻りの身体の三の胴に入れたひと太刀は、まるで肌にひと筋の彫物をしたような朱を走らせ、途端、人足《にんそく》らが押さえた手と足の双方へふわりと、真っ二つに離れたのだった。

切場《きりば》の検使《けんし》場には囚獄・石出帯刀、牢屋見廻りの与力、刀剣鑑定を頼んだ武家の検使役、また周囲に町奉行所の首打役同心、同じく牢屋見廻り同心、牢屋敷同心、大勢の人足ら、そうして父親の勝吉が見守っていた。

束の間、切場は凍りついた。誰も言葉を発せられなかった。

人足は二つになった胴の斬り口を、検使役に見せる習《なら》わしである。

あのとき龍玄は、そうか、これでよいのか、とそのあまりの呆気《あっけ》なさが不思議でさえあった。

龍玄に首打役を継がせ四十代で隠居を決めた勝吉は、毎晩浴びるほど酒を呑んだ。呑むと陽気になった。

「いいではないか。倅が一人前になったのだ。さすがはおれの倅だ」

と、勝吉は呑みすぎをたしなめる妻の静江に言ったものだった。それから、こうも言ったそうだ。

「魂消《たまげ》た。凄いものを見た。あの男は天から何かを授かっておる。恐ろしい。おれなどの出る幕ではない」

爺さまの弥五郎同様、勝吉も卒中で倒れ、そう長くはない生涯を閉じた。二人とも酒の呑みすぎだった。龍玄が十九歳の冬だった。

勝吉は龍玄を、《介錯人・別所一門》の三代目と、最後まで称して死んだ。

# 三

喜福寺裏菊坂臺町の大沢虎次郎の道場には、もうひとり来客があった。

「こちらは、奥羽《おうう》廣川家《ひろかわけ》八万三千石の馬廻《うままわ》り役・新坂小次郎《にいざかこじろう》どのだ。われらと同じ一刀流門下で、ご家中《かちゅう》の若手では随一と評判の使い手だ。新坂どのが、おぬしにぜひ会いたいと言われてな。おぬしにとってもよかろうと思い、声をかけた。新坂どの、この者が先日お話しした別所龍玄です」

大沢が双方を引き合わせると、新坂は龍玄へ先に辞宜をし、

「廣川家馬廻り役・新坂小次郎です。大沢先生から別所どののお噂をうかがい、どうしてもご紹介いただきたいと、先生に無理にお願いいたしました。ご迷惑ではありませんでしたか」

と、屈託を感じさせぬさわやかな笑顔を見せた。

「こちらこそお目にかかれ、光栄に存じます。別所龍玄です。お見知りおきを」

龍玄は深々と辞宜をかえし、童子のように少し顔を赤らめた。

「別所どの、お若いですね。今、お幾つなのですか」

「はい。この春、二十二に相なりました」

「どうか、お気を悪くなさらないでください。別所どのはまだ、初々《ういうい》しい若衆のように見えます。ご町内の女性《にょしょう》方は、別所どのを放ってはおかぬでしょう」

「いえ。そのようなことは、一向に……」

龍玄はいっそう顔を赤らめた。

あっはっは……と、大沢が磊落《らいらく》に笑った。

「この男には、すでに妻と子がおるのですよ」

「なんと、すでにお内儀とお子が。さぞかしお美しいお内儀でしょうな」

「旗本の家の生まれにて、本郷、湯島、御徒町界隈を見渡しても、龍玄の妻ほど美しい女性は見あたりません」

「お旗本の家の……じつは、先だって大沢先生から別所どののお噂をうかがったときは、武芸ひと筋の武張《ぶば》った壮士を勝手に推量いたしておりました。ですが、今お会いいたし、むしろ、雅《みやび》を好まれる文人のようにお見受けいたします」

新坂は龍玄から大沢へ、締まった細面《ほそおもて》に鋭い目づかいと鼻筋の通った相貌を向け、しかし無邪気なほど大らかに言った。

「大沢先生、本当にこちらの別所どのが、牢屋敷において首打役と試し斬りをお務めなのですか。お内儀の旗本のご実家は、それをご存じの上で婚姻を許されたのですか？」

「さよう。むろん、旗本のご実家も、首打役が龍玄の今の生業と承知した上です。龍玄が首打役を始める前の十六、七のころ、当道場の師範代にと思いましたが、当人がそれを望まず、わたしも無理には奨《すす》めませんでした」

書院の床の間を背に坐した大沢が、さり気なく話題を転じた。

「ほう。それほど別所どのを見こまれたのに、なぜ無理にでもお奨めにならなかったのですか」

新坂はまた龍玄へ、穏やかにした表情を向けなおした。

「当道場の師範代には、向かぬと思ったからですかな。授かった才は、その者にしか備わっておりません。才はそれぞれみな違う。龍玄は、人を導く師の才は授かってはおりませんでしたのでな」

五十に手の届いた大沢が、龍玄へ笑みを寄こした。

大沢家に仕える若党が、三人に茶菓を用意した。

そこは、大沢虎次郎が居室に使っている書院だった。明障子《あかりしょうじ》を両開きにした縁廊下が山茶花《さざんか》の植えられた中庭に面し、中庭の向こうに渡り廊下を隔て、龍玄が九歳からお試し稽古に通い始めた道場がある。

大沢道場の門弟は二百人を超えるが、この刻限、道場に人影はない。

床の間を背にした大沢の右手、縁廊下側に新坂が着座し、大沢の左手、廊下側の唐紙《からかみ》を背に端座した龍玄は、新坂とまっすぐに向き合っていた。

新坂の後方、中庭の向こうに人気のない道場が見えている。

床わきの違い棚に、勿忘草《わすれなぐさ》の花活けが飾ってある。床の間のかけ軸は、大沢の好む宋画《そうが》の山水である。

「別所どのの剣が、天賦《てんぷ》の才と、大沢先生は言われるのですか」

「さよう。機の変化の知、応変の敏、剣さばきの妙、どれをとっても驚きと言うほかなかった。こういう童子《どうじ》がいるのか、と思いました。龍玄がわが道場へ稽古に通い始めて間もないころです」

「おお、童子のころに。そうなのですか。それは凄い」

龍玄を見つめる新坂の眼差しが光った。

新坂に見つめられ、龍玄は手のおき場にさえ困った。

大沢は龍玄と新坂を交互に見かえし、にこにこしている。

「わたしのような凡夫《ぼんぷ》に生まれた者には、羨ましい限りです。早や二十七になって、この歳までひたすら剣の修行に励んできましたが、未だなんの悟りも開かず奥義《おうぎ》もきわめぬ未熟者です」

「新坂どのは廣川家にあって、由緒正しき武門の誉《ほま》れ高きお家柄。二十代の若さながら文武共に勝《すぐ》れ、将来、廣川家を背負ってたつ方と、うかがっております。龍玄、新坂どのの奥方はな、今の廣川家ご当主・則忠《のりただ》さまの姪御《めいご》さまなのだ。殿さまの縁戚につらなり、遠からず、新坂どのが殿さまのお側近くにお仕えになるお役目は、すでに約束されておる」

「お側近くとは、御側用人《おそばようにん》さまということですか」

「いずれはそうなるお方だ。それに新坂家はご兄弟とも、みなお家の要職に就いておられる」

「さようですか。歳はお若くとも、新坂どののほどの方が御側用人のお役目に就かれたならば、殿さまはさぞかしお心強いでしょう」

「先生、約束をされてはおりません。そのようなお役目を申しつけられましたなら、殿さまの御《おん》ため、お家の御ためにに、粉骨砕身、励む所存ではおりますが、わたしなど、所詮《しょせん》は不才の身です」

と、龍玄へ向いた精悍《せいかん》な面差《おもざ》しには、武門の矜持《きょうじ》とおのれの由緒正しき血筋への自信が漲《みなぎ》っていた。

「別所家はどちらかのお家に、お仕えだったのですか……」

新坂は、さわやかな笑みを投げた。

「わが家には、語るべき由緒はありません。童子のころに亡くなった祖父が、摂津高槻領の別所一門、と申していたのを覚えております。摂津高槻領に仕える別所一門があったのかなかったのか、それすらわたしにはわかりませんが」

龍玄がはにかんで言った。

「そうなのですか」

新坂は、かすかな憐《あわ》れみを目に浮かべて頷き、大沢へ向いた。

大沢は膝の上で指を組み合わせ、やはりにこにこして答えた。

「侍もいろいろありますからな。わが道場には、商家や職人の子弟らも大勢通っております。いずれその中に、元は侍と名乗る者が出るかもしれませんな」

別所家を名乗る見苦しさを大沢に見透かされている気がして、龍玄はかえってほっとした。

龍玄は、別所家をとりつくろう爺さまや父親の姿を、自分に重ねたくはなかった。おのれはおのれでありたい。それがこの大沢道場で自分が人よりも強いと感じ始めたとき、龍玄の抱いた唯一の矜持だった。

「首打役を知っておりますのは、山田浅右衛門という侍のみです。山田家は家康《いえやす》さまのご側室・茶阿局《ちゃあのつぼね》の弟君のお家柄だそうですね。代々世襲で首打役と将軍家の御試し御用を務められているとか。今は確か、五代目とうかがっております。失礼ながら、別所家の名は大沢先生からうかがうまで存じませんでした。では、別所家は先々代より首打役と試し斬りをお務めなので」

「はい。祖父の代より、小伝馬町《こでんまちよう》牢屋敷の試し斬りによる刀剣鑑定の礼金を、わが家の暮らしの方便《たつき》にしております」

新坂はわずかに眉間《みけん》を曇《くも》らせ、さらに訊いた。

「別所どのはなぜ、牢屋敷の首打役を継がれたのですか。大沢先生に天賦の才と言わしめるほどの腕をお持ちなのですから、その才に相応しい侍としての、いえ、人としての役目がほかにあったのではありませんか。そんな天賦の才を不浄な首打役などに……」

不浄な、とはばかりなく言われ龍玄は破顔《はがん》した。すると新坂は、

「やはり、自ら罪を償《つぐな》えぬ劣等な者を本人に代わり懺悔《ざんげ》させ、償わせる、上にたつ者の多大な慈悲《じひ》のお心ゆえなのですか」

と、龍玄の答えに先廻りするかのように言い添えた。

龍玄は戸惑った。言われた意味が解《げ》せなかった。どう答えればいいのか、言葉を探した。大沢は笑みを浮かべ、ふむふむ、と頷いている。

「将軍家御試し御用の専任となられた確か二代目・山田浅右衛門どのは、ひとふりの枕刀やほととぎす、という辞世の句を残されました。さすがは山田家、不浄な首打役、御試し御用に出仕《しゅっし》いたしても、文武の道を心得た血筋の正しさがうかがえます。ただ腕に任せて罪人の首を打つのではなく、人の上にたつ者の慈悲の心を持って懺悔させてやる、とお考えになっておられるのですね」

龍玄はただ、

「はい……」

と曖昧に、力なく言った。新坂は続けた。

「山田家では首打ちに臨んで土壇場《どたんば》の罪人に、汝は国賊なるぞ、とまず天の声のごとく発するそうです。愚《おろ》かな罪人は、きっとそのひと言によって、おのれの罪深さにおののかざるを得ないでしょう。そして心中で、南無、阿、弥、陀、仏、と唱えつつ刀の柄に、親指、人差指、中指、薬指、と順にあてがい、最後に小指が柄にからんだ刹那、電光石火、斬刀《ざんとう》が鞘走り首を刎《は》ねると、聞いています」

龍玄は答えられなかった。

「愚かしき罪人のために、そこまで自らに念じて首打役に臨まれる。罪をあがなう正義の一刀。まさに刀は武士の魂です。たとえ罪人に悔恨の念が兆《きざ》さずとも、武士の魂が愚かな罪人を清め、冥府《めいふ》へと導いてやるのでしょう。別所どのには釈迦《しゃか》に経《きょう》ですが、山田家の正義と慈悲の心をくまれ、首打ち役を別所一門の生業になされた、ということなのでしょうか」

「首打役を務めたわが祖父、わが父に、考えを訊《たず》ねたことはありません」

「首打役の、別所家代々の家訓とか、そういうものはないのですか」

「そのようなものは、ないと思います……」

龍玄は、言葉を探しながらようやく言った。

「なぜ不浄な首打役にとお訊ねですが、罪人の首を父の代役として初めて打ったときの存念を、上手《うま》く言葉にできません。ただ、わたしはそれ以来、首打役と試し斬りによって刀剣の利鈍を鑑定いたし、その礼金によって暮らしております。とてもありがたいことと、思っております」

「そうなのですか？　別所どのはそのような暮らしをありがたいと、本心から思っておられるのですか」

新坂は龍玄への憐れみの中に、少々の蔑《さげす》みをにじませた。

「は、はい。わたしは罪人の首打役を不浄とは、思っておりません」

そう言ってから、龍玄は言ったことを後悔した。

「それでは別所家では、由緒ある山田家の正義と慈悲の心をくまれ、首打役を務められたのではないのですか。ただ刀剣鑑定の礼金のために罪人の首を刎ね、試し斬りをする、それだけなのですか」

龍玄は、束の間をおいて答えた。

「上手くは言えないのですが、切場においては、首打役と罪人ではなく、斬る者と斬られる者の間に、一瞬、相通ずる心の働きがあって、その心の働きに従う一瞬に、首打ちは決まり……」

「これは異な。不浄な罪人と首打役の心が、相通ずるのですか」

「ですから、切場では首打役と罪人ではなく、ただ斬る者と斬られる者がいるのみであり……」

「むずかしいのですね。別所どのはまだお若いから、人の上にたつ武門の正義と慈悲の心がおわかりにならないのも、無理はありませんが」

新坂が皮肉な口調になった。

あっはっは……大沢が磊落に笑って、場をなごませた。

「まあ、山田浅右衛門とて正義と慈悲の心のみとは限らぬでしょう。二代目か三代目かわかりませんが、町奉行の大岡越前《おおおかえちぜん》が山田浅右衛門を呼んで、庭から竹をとってくるように命じました。浅右衛門はただちに裃が朝露《あさつゆ》に濡れるのもかまわず、庭から竹を切りとってくると、御奉行は浅右衛門に言ったそうです。竹は見事にとってまいったが、濡れる露を払うことはできまい、と」

新坂は口を一文字に結び、大沢の話に耳を傾けていた。

「龍玄、どういうことかわかるか」

「大岡さまは山田浅右衛門どのの試し斬りを、やめさせたかったと思われます」

「そうだろうな。大岡さまは罪人の亡骸《なきがら》の試し斬りを、よいこととは思っておられなかったのかもしれぬ。そのころに龍玄がいたら、おぬしも大岡さまに言われたろうな。やめよと」

「はい。間違いなく仰《おつしや》られたでしょう」

すると、新坂が表情を引き締めて口を開いた。

「先生、それは違うと思います」

「ふむ、違いますか？」

大沢はにこやかなままである。

「武士には切腹という、自ら懺悔し自裁する手段をとる定めがあります。自裁によっておのれを律することができるからこそ、武士と言えるのです」

「新坂どのの言われる通りだと、わたしも思っておりますぞ」

大沢は新坂へ頷き、言った。

「武士の中にも劣等な者はおります。ですが、それよりもいっそう低位にある民百姓は、自ら懺悔の手段をとることはできません。死に値する罪を犯してなお、死を逃れようとあがいて恥と思わぬ者たちです。ゆえに、治者《ちしゃ》として上にたつ者が懺悔をさせてやらねばなりません」

「なるほど」

「すなわち、不浄なる罪人は、上にたつ者に斬られるのではなく、斬っていただかねばなりません。斬っていただくお手数の段、斬ってくださるお心は、まさに上にたつ者の大いなる慈悲でなくてなんでしょうか。大岡さまが山田浅右衛門どのに仰られた真意は、かえり血こそが大いなる慈悲の印である。上にたつ者の慈悲の心を失ってはならぬ、心して励め、ということではないでしょうか」

「筋が通っておりますな。ふうむ……龍玄、おぬしはどう思う」

大沢は感心して言ったが、龍玄は答えられなかった。すると新坂は、黙している龍玄へ険《けわ》しい眼差しを向けた。

「別所どの、機会があれば切腹の場に立ち会われてはいかがですか。わたしは何度か立ち会う機会に恵まれ、あの厳粛な、それでいて自ら屠腹する苛烈《かれつ》なふる舞いによって、侍たるものの真《まこと》の心がまえを学びました。愚かな罪人の首打ちと侍の切腹とその介錯は、同じ斬首であってもまったく違う。切腹を見れば、侍とは何かがわかります」

「牢屋敷において、侍の切腹に立ち会ったことはあります。仰る通り……」

と言いかけた龍玄の言葉を、新坂は遮《さえぎ》った。

「できれば、上士《じょうし》の切腹の場に立ち会われるべきかと。牢屋敷では、中士以下の自裁と聞いております。優れた者、由緒ある血筋には、侍として自《おの》ずと備わっている性根《しょうね》があります。刀と同じ、武士の魂と言うべき性根です。そういう侍の性根の据《す》わった切腹をご覧になれば、別所どのにとっても、きっと心の鍛錬になると思います。百聞は一見にしかずです。ぜひ……」

新坂は、少し感情を昂《たか》ぶらせていた。

「あ、いや、中士以下の方々が性根が据わっていないと言うのではありません。

中士以下の方々にも、すぐれた方は幾らでもおられます。言いたいのは、真の侍のふる舞いから、できるだけ沢山学ばれるべきだということなのです。真の侍から多くを学ばれることにより、別所家もいつか、山田家のように将軍家の御試し御用の栄《は》えあるお沙汰《さた》を申しつけられるときが、くるのではありませんか」

大沢の笑い声が、また場をなごました。

「真の侍のふる舞いから学ぶ、というのは賛成ですな。若い二人の話を聞いておりますと、老体のわたしにも熱が入ります。しかし新坂どの、まずは……」

と、大沢が新坂をなだめて言った。

「真の侍のふる舞いの話は、のちほど改めてうかがうといたし、龍玄、今日はゆっくりしてゆくがよい。新坂どのとおぬしの三人で、一献《いっこん》酌《く》み交わしたい。今、支度をさせておる」

「はい。今宵《こよい》は先生に馳走になるつもりで、やってまいりました」

「そうか、ふむふむ。近くにいながらおぬしと呑むのも久しぶりだ。新坂どの、龍玄はこう見えて、酒を呑むと存外、面白い男なのです」

「先生、その前に、先ほどお願いした……」

「うん？　ああ、そうでしたな。はは……二人の話に聞き入って、すっかり忘れておりました」

大沢は白髪のまじった総髪を、軽くなでて龍玄へ笑顔を向けた。

「龍玄、新坂どのが、おぬしとの手合わせをお望みなのだ。支度が調う前にひと勝負、いかがだ。むろん、おぬしにその気がなければ、お断りしてもかまわぬが」

「別所どの、何とぞ、お手合わせを願いたい。わたしは奥羽の田舎者《いなかもの》です。わが国元にも名の知られた江戸は本郷の大沢道場にあって、屈指の使い手と大沢先生の認められた別所どのに一手、ご指南をたまわり、江戸の本物の剣術を、国の仲間たちにも伝えてやりたいのです。ぜひ」

龍玄は頰笑みを大沢へかえした。

「先生、よろしいのですか」

「おぬし次第だ。やるか」

大沢は軽々とした口調である。

はい――と、龍玄は膝に手をおき、頭を静かに垂れた。

大沢道場では、無断の他流試合は禁じているが、師の許しがあれば認められていた。大沢は、試合に負けることも稽古だ、という考えである。それに新坂の場合は、同じ一刀流の一門でもある。

「ありがたい。あの、ですが別所どの」

と、新坂は言った。

「近ごろの江戸では、面《めん》と小手《こて》の防具をつけ、竹刀《しない》で存分に叩き合う稽古が主流と大沢先生からうかがっております。大沢道場でもすでにそうだと。ただ、わが国元では今もって木刀をえいやあと、無粋《ぶすい》にふり廻し、古来よりの稽古を続けております。わたしは稽古でも試合でも、竹刀を使ったことがありません。手合わせは木刀でも、かまいませんか」

「けっこうです」

龍玄はにこやかに答えた。

# 四

道場には夕七ツ（四時頃）すぎの西日が、臼窓《いわくまど》から射していた。

窓の向こうは門弟たちが使う井戸のある庭で、庭を囲う板塀の向こうに菊坂臺町の町家の板葺屋根や瓦葺屋根が見えた。折り重なった屋根〳〵に、赤い西日が心地よい初夏の名残《なご》りを惜しむように射して照り映《は》えていた。

大沢は尺扇《しゃくおうぎ》を手にして注連縄《しめなわ》を張った神棚を背に、龍玄と新坂の間に立って、試合の行司役《ぎょうじやく》を務めた。

龍玄は藍鼠の無地の小袖に白襷《しろだすき》をかけ廻し、黒袴の股立ちをとった。白足袋は脱いで素足《すあし》になっていた。方《かた》や新坂は、浅黄《あさぎ》に花弁を抜いた小紋模様の小袖に草色に紺の棒縞の細袴で、革襷に革の足袋をつけていた。

二人が向かい合うと、上背《うわぜい》の差は歴然とした。

新坂は五尺八寸以上の背丈があって、五尺五寸足らずの龍玄を見おろす格好になった。この男が天賦の才だと、という訝《いぶか》しみが顔にあらわれていた。

龍玄は中背ではあったけれど、新坂から見れば貧弱な小男にすぎなかった。

大沢が尺扇を二人の中央へ差し、両者は一礼し歩み寄った。

龍玄が先に正眼へ軽くかざし、新坂は大柄な身体を一杯に使って上段へとり、それをゆっくり正眼へかえした。

「一本勝負。始め」

大沢は、双六《すごろく》遊びでも始めるような調子の声をかけ、尺扇と身をなめらかに引いた。

日窓から射す西日が、両者の足下を照らしている。道場の外の木《こ》だちを飛び交う小鳥のさえずりが聞こえている。

龍玄は正眼に静かにかまえたまま動かなかった。新坂はゆったりとした正眼を下段へ落とし、龍玄の仕かけに注意を払いながら、じりじりと間をつめた。

両者の間は一間半ほどである。

新坂のかまえには、ゆるぎない自信が漲っていた。龍玄を見下ろし、龍玄の一瞬の変化を見逃すまいと、目を凝《こ》らしていた。

間が一間（約一・八メートル）を切ろうとしたところで、新坂は龍玄の技量を見きったかのように再び大きく上段へとった。大きな懐へ誘っているようであり、龍玄が自分の間《ま》に入ったのを読んだかでもあった。

「とおおおっ」

新坂が叫んだ。途端、雄叫《おたけ》びと木刀のうなりがひとつになった。

一撃が打ち落とされた。龍玄はそれを、退《ひ》くのではなく左足を一歩踏みこみ、新坂の右へ身を進めつつ正眼から打ち上げた。

はしっ。

二つの木刀が激しく鳴った。

龍玄の得物《えもの》が新坂の木刀を鋭く打ち払った。同時に、新坂の右方《みぎかた》へ一歩進んだ龍玄の身体と、先手の上段から大きく打ちかかり踏み出した新坂の身体が、互いの体温を感じるほどに肉薄した。

両者が衝突すれば、龍玄の痩身がはじき飛ばされるのは見えていた。

が、龍玄は踏み出した左足を軸に、右肩を反転させつつ後ろへ凭《もた》れかかるように引き、荒々しく肩をぶつけてきた新坂の背後へ、咄嗟《とっさ》に身を入れ替えた。

新坂は身を転じた龍玄へ、追い打ちのひと薙《な》ぎを片手一本でかえした。

「やああっ」

龍玄は木刀をわきへ垂らし、蹲踞《そんきょ》の会釈のように膝を深く折って新坂のかえしの横薙ぎに空を打たせた。

総髪の髷の上を、新坂の木刀がうなりを発して斬り裂いた。

龍玄は蹲踞から姿勢を起こしながら、さらに軽やかに一歩二歩と退いた。木刀はわきへ垂らしたままである。

新坂がその機を逃さず、身を翻し、再び龍玄へ突進をこころみた。

「だあああっ」

新坂の切先が、退く龍玄の胸元へ突きこまれた。

一撃目は届かなかった。が、新坂の踏みこみは鋭かった。龍玄をたちまちおのれの間に捉《とら》え、二撃目を鋭くひと突きにした。

龍玄は退きながら、新坂の一本調子の突きを払った。

しかし、新坂の二撃目は誘いだった。龍玄の打ち払いは空《くう》を打った。上体がわずかに泳いだ。誘いと知れ、動きは読めたが、龍玄は遅れた。素早く応変できなかった。新坂は、龍玄のかえしよりも早く上段へとった。

上段よりの激しい一撃が、龍玄の額へ浴びせられた。

ぴしっ。

龍玄の額と新坂の木刀が鳴った。

「やぁっ」

「あっ」

「それまで」

大沢が尺扇を新坂へ差し、ひとつ頷いて、

「新坂小次郎の一本……」

と、道場一杯に声を響きわたらせた。

新坂は木刀を龍玄の眼前へかざした格好で、荒い息をついた。息が乱れているのではなく、龍玄に勝った気の昂《たか》ぶりが激しい息遣《いきづか》いにさせた。

「まいりました」

龍玄は木刀を垂らし、新坂へ頭を垂れた。そのとき、つるりとした綺麗な額から、ひと筋の細い血がすうっと伝った。

「龍玄、大事ないか」

大沢が少し眉間を曇らせ、気遣った。

「大丈夫です。かすり疵です。新坂どの、お見事です」

龍玄が顔を赤らめて言った。

「こちらこそ、申しわけなかった。別所どのの太刀《たち》さばきが鋭いため、手加減を加える余裕がなかったのです。さすがは、大沢先生が見こまれただけあって、お若いのに素晴らしい太刀筋でした。さらに修行をつめば、別所どのはもっともっと強くなられます。大丈夫、別所どのの剣はそういう剣です……」

言いながら、新坂は誇らしげだった。

「新坂どの、力強い勝利、感服しました。龍玄、おぬしもいい負け方だったぞ。試合に負けることも修行のひとつだ。さあ、二人とも裏の井戸で汗を流してきなさい。そろそろ支度ができるころだ。龍玄、あとで、おぬしの綺麗な額に初めてついた疵に、記念の膏薬《こうやく》を貼ってやろう」

そこで大沢は、何か楽しげな笑い声を道場に響かせた。


夜の五ツ半（九時頃）前、龍玄は無縁坂の住居へ戻った。

「杏子は先ほど乳をたっぷり飲んで、もう休みました」

百合が龍玄の額の膏薬から目を離さずに、言った。茶の間の炉のそばで、百合から裁縫の手ほどきを受けていた下女のお玉が、龍玄に茶を出し、

「旦那さま、大丈夫ですか」

と、地黒に団子鼻をひくつかせ、心配そうに言った。

「大丈夫だ。膏薬もいらないくらいだが、大沢先生が、負けた記念だと仰り、手ずから貼ってくださったのだ」

龍玄は茶の間の板敷に大刀をおき、

「少し酔った」

と、吐息をついた。

珍しく、酔いが廻り疲れを覚えた。

「大沢先生の道場で、試合があったのですか」

百合は気がかりとおかしさを堪《こら》えた顔つきを、龍玄に向けている。

「奥羽の廣川家の、一刀流一門の士がやはり招かれていた。その方にぜひにと試合を申しこまれた。先生の手前、断れなかった」

それがこのあり様だ——と、龍玄は頬笑み、お玉の出した茶を飲んだ。

「面や小手を、つけていたのではないのですか？」

「廣川家の国元では、未だ防具はつけず、木刀を使った古来よりの稽古を続けているそうだ。それゆえ、試合は木刀になった」

「そうなのですか。こぶになっていますよ……痛い？」

百合が白い指先で、額の膏薬を軽く突《つつ》いた。

「触られると、ちょっと痛い」

と、龍玄は百合の指先をよけた。

「試合に負けたのですから、仕方がありませんね」

「ふむ。仕方がない」

「龍玄、帰っていたのですか」

母の静江が茶の間に現れた。静江は龍玄が百合を妻に迎えたのち、それまで使っていた居室を若い夫婦に譲り、今は客座敷と隣り合わせた奥の茶室を、寝間と自分用の居室に使っている。

そこで、金貸しの生業の算盤を、毎日はじいているのだ。

「母上、ただ今戻りました」

龍玄は端座したまま、酔眼を母に向けた。

「おや。龍玄、その膏薬はどうしたのですか」

「大したことはありません。ただのかすり疵です」

「大沢先生の道場で、もうひとりのお客さまと試合になったそうです」

百合が代わりに答えた。

「大沢先生の道場で？　試合は、勝ったのですか。負けたのですか」

静江は龍玄の膝の前に坐り、喧嘩で疵を拵え帰ってきた幼い倅をいたわる母親のように、のぞきこんだ。

「負けました。手ごわい相手でした」

「あらあ、負けて疵を負ったのですか。それは残念ですね」

するとお玉が、百合に不思議そうに訊いた。

「わたしはこちらにお雇いいただく前、上野の請《う》け人宿の黒門屋《くろもんや》のご主人に、別所の旦那さまは江戸一番の剣術使いでいらっしゃると、聞かされておりました。

江戸一番の剣術使いでも負けるんですか」

「お玉、わたしは江戸一番の剣術使いではない。強い者は幾らでもいる。黒門屋のご主人はお玉をからかって、大袈裟《おおげさ》に言ったのだ」

「そうなんですか」

お玉が百合と静江へ、訊きなおすみたいに言った。

「そうですねえ。江戸一番の剣術使いが試合に負けて額に膏薬では、あまり見栄《みば》えがしませんからね」

静江が、冗談とも本気ともつかぬ顔つきでお玉に言った。

「はい。しかし母上、そういう場合もあります」

百合が龍玄の額を見かえしたので、龍玄は見栄えのしない膏薬に指先でそっと触れてみた。すると百合は、おかしさを堪えきれなくなって、うふ、と噴き出したのだった。

## 五

その日は、午後から細かく降り続く雨になった。六ツ（六時頃）に近い夕刻、龍玄は牢屋敷の切場に、蛇《じゃ》の目《め》を差してひとり佇んでいた。

蛇の目の下の衣装は、細縞の小倉袴に村正の二刀を差し、縹《はなだ》色の麻の単衣を白い肌着の上に重ね、袖を白襷ですでに絞っていた。

差した蛇の目に、雨がさわさわと音をたてた。

刑場は牢屋敷の東角にあって、囚人は牢内では《地獄門》という門を通り、さらに小さな木戸門をくぐって刑場へ導かれる。

刑場の東側と南側に低い石垣と柳の木がたち並び、西側の木戸門から入ってすぐ右手に、板庇《いたびさし》のある検使場と首打ちのあとの首置場、そして北側を囲う板塀の向こうは、百姓牢になっていた。

夕刻、検使場の板壁に沿って設《しつら》えた腰掛に、立ち会いの囚獄・石出帯刀、検使役与力、牢屋見廻り与力、そのほかに刀剣鑑定を依頼した交替寄合《こうたいよりあい》家中の検使役二名がかけて囚人を待っていた。

検使場の面々は、裃に正装している。

検使場の左手に様場《ためしば》の土壇が築かれ、土壇より数間離れた検使場の右手奥に血溜《ちだめ》の九尺（約二百七十センチ）四方の土坑《どこう》と、米俵《こめだわら》の敷かれた切場があった。

検使の役人たちは、検使場の立ち位置から、右手斜め前方の切場において執行される処刑を検視するのである。

龍玄の佇んでいる場所は切場の、米俵と土坑のわきである。差した蛇の目から雨の雫が垂れ、検使場の板庇からも垂れる雫が、刑場の地面にぴちゃぴちゃとはねていた。

その夕刻の首打ちは、田原町《たわらまち》の商家に押しこみを働いた深川《ふかがわ》の河岸場《かしば》の軽子《かるこ》がひとりだった。処刑は一日にひとりとは限らなかった。その日のうちに続けて、二人、三人と処刑する場合があるし、執行はなるべく年内に行い新年に持ち越さない決まりのため、大晦日《おおみそか》は一日に二十人、三十人、と斬る場合もあった。

むろん龍玄に、それほどの数の試し斬りをする刀剣鑑定の依頼はなかったが。

囚人の軽子は髭《ひげ》がのびた大柄な、三十三、四の男だった。

大牢の牢名主に「行ってこい」と送られる折り、舌に銭を載せられる。刑場へ向かう途中、つき添いの人足に舌を出すと人足が銭をとる。打たれた首を洗ってもらう代金である。

牢鞘《ろうざや》で張番《はりばん》に切縄をかけられ、雨の中を改め番所へ引ったてられた。

改め番所で牢屋役人の鍵役が牢屋証文と引き合わせ、当人に間違いないことを確かめたうえで、検使役が証文の死罪の文言《もんごん》を読み上げた。

牢屋の人足ら六人が軽子の周りを囲み、首打役同心、検使役同心、牢屋見廻り同心が町方《まちかた》の黒羽織に白衣《びやくえ》姿、ほかに羽織袴の鍵役ら牢屋同心四人が、水桶などを提《さ》げてつき添い、改め番所から地獄門へ雨の中を向かった。

地獄門前で、半紙二枚を重ね二つに折って折り目に細い荒縄を通し、後ろで結《ゆわ》える目隠しを、牢屋同心が囚人にとりつけた。

それから刑場の木戸まで行く間、囚人の息遣いは聞こえたが、乱れた呼吸ではなかった。つき添いの首打役の同心・本条孝三郎《ほんじようこうざぶろう》は、その落ちついた大柄な背中を見て、でけえな、首が太そうだぜ、と感心した。

不浄な役目の……ひと廉《かど》の侍なら……不浄な試し斬り……

龍玄は途ぎれ途ぎれのささやき声に、雑念を払い澄んだ無の境地へ集めていた心持ちをかすかに破られた。そして、蛇の目を差し雨の中にぽつねんと佇んでいるおのれ自身に気づかされた。

切場にはおのれしかおらず、おのれという心持ちに集中していくと、おのれ自身を忘れていく。それが龍玄の首打ちに臨む心がまえだった。

しかし、ほんのわずかな乱れが、鏡の水面を広がる波紋のように、おのれの心の中に生じた。切場に臨んで、そんなことは初めてだった。

「鐘撞《かねつ》き番は、わざと打つのを遅らせるそうです」

「慈悲の鐘、と言うらしいな」

「自分の鐘を合図に首を刎ねられると思うと、鐘撞き役も、ちょっとな……」

雨音にまじり、ささやき声が検使場から聞こえた。

刀剣鑑定の試し斬りの検使役にきた二人の士と、龍玄の目が合った。ひとりがもうひとりと目配せを交わし、龍玄の目をそらした。

石出帯刀、検使役与力、牢屋見廻り与力の三人は、先ほどと変わらずに壁ぎわの腰掛に黙然と腰かけているばかりだった。

龍玄は静かなひと息を吐いた。乱れた波紋を、鎮めなければならなかった。

未熟な……

と思った。

木戸のほうに、雨の中を多数の足音が近づいてきた。検使場の五人が、腰掛から立ち上がり、板庇の前へ進んだ。刀剣鑑定の検使役のひとりは、お試し刀の入った白箱を、恭《うやうや》しく両腕に抱えている。

龍玄は、薄墨色の雲に覆われた雨空を見上げた。

ほどなく、本石町《ほんこくちょう》の時の鐘が打ち鳴らされる。首打ちは、時の鐘が六ツを報《しら》せ終ってから執行するのが慣例である。

刑場の木戸が開き、牢屋同心の鍵役が先導し、目隠しをされた囚人が、頭半分ほど低い人足ら数人に囲まれ、落ちついた足どりで入ってきた。

細かい雨が、大柄な囚人の肩を濡らしていた。

囚人の後ろから姿を見せた本条孝三郎は、切場の龍玄から二間ほど東側に離れて、立ち位置を占めた。首打役の名義は本条であるから、万が一のときのために備えておかなければならなかった。

龍玄は蛇の目をすぼめ、傍らの地面においた。

そのとき、相手はでかいぜ、とからかうような本条の目と目が合った。

龍玄は、平然とした素《そ》ぶりを装った。本条に背中を向け、米俵の傍らへ進んで囚人を見守った。

龍玄の一間ほど左後方に、二人の牢屋同心が水桶をおいて控えた。ひとりは水桶の水で刀を洗い、ひとりは半紙で首打ち刀をぬぐう役である。

牢屋見廻り同心、検使役同心、鍵役、つき添いの牢屋同心が、検使場と向き合った正面あたりを占め、その後方の石垣ぎわに、三人の人足が雨に濡れた地面に跪《ひざまず》いた。

切縄で後手に縛《いまし》められた囚人と三人の人足が、切場に足早に近づいてきた。二人が囚人の左右の腕をとり、ひとりが真後ろについていた。

月代《さかやき》ののびた大柄な男だった。米俵の前にきて、人足のひとりが「止まれ」と言った。すると囚人は、佇んでいる龍玄に気づいているかのように、ほんのわずか小首をかしげる仕種をして見せた。

まるで「お頼みいたしやす」と言うかのようにだ。小首をかしげた白い目隠しの隙間に、濃い無精髭がのぞいた。

波紋が鎮まらなかった。この切場に斬る者と斬られる者だけになる。おのれのなすべきことをなす。龍玄は言い聞かせた。

両腕をとられ、背後から後ろ手の縄目をつかんだひとりに押されて、囚人は前のめりに米俵へ引き据えられた。

龍玄は村正をゆっくりと抜いた。すうっ、と刀身が鞘をすべった。刀身を後方の牢屋同心へ差し出すと、同心が型通りに水桶の水を柄杓《ひしゃく》でそそぎかけた。

龍玄は村正をわきへ垂らし、時の鐘が夕六ツを打つのを待った。

息づまる沈黙が、刑場を覆った。監房の囚人たちと牢屋敷に働く者たちも、すべてがこのとき沈黙し、時の鐘を迎える。

囚人の広い肩に降る雨が、着物を濡らしていた。

やがて、時の鐘が捨て鐘を三つ鳴らした。それから、六ツを薄墨色の雲に覆われた夕空に響かせ始めた。

囚人の上体が血溜の土坑へ押し出された。後ろから押す人足が着物を肩の下までくつろげた。太い首と、骨張った肩が晒《さら》され、雨が首と肩へぷつぷつと降った。うす暗がりの中で、囚人の肌色が異様に白々として見えた。

刑場に明かりは灯さない。うす暗がりの中で執行する。

左腕をとった人足が囚人の左足先を握り、右腕の人足は右足先を握った。囚人は大人しく、首を前へ差し出した。差し出した首が、ぴたりと止まった。

村正を上段へとった。

そのとき、龍玄の額に木刀の切先の触れる痛みがかすめた。胸の鼓動が早鐘のように打った。鼓動の奥から、汝は国賊なるぞ、と誰かがささやいた。南無、阿、弥、陀、仏、と周りの暗がりの中で誰かが唱えた。

時の鐘は慈悲のときをかけ、夕空に殷々《いんいん》と響きわたっていた。

龍玄は、上段へとった村正の柄を握りなおした。

時の鐘が六ツを報せ終った途端、執行はすむ。

一刀が肉と髄《ずい》をすべるように断ち、囚人に声を上げる間も与えず、首は土坑に落ち、血が静かに血溜へ垂れる。いつもなら、そうだった。

六ツを報せる最後の鐘が鳴った。

しかし、龍玄は動かなかった。上段にとった身体は、微動だにしなかった。正義と慈悲の想念が、鼓動の中で交錯した。乱れた波紋が龍玄の知覚に次々と新たな乱れを生んでいた。

未熟な……

と、また思った。

斬っていただきやす、と首を差し出した囚人がじっと畏《かしこ》まっている。

囚人の目隠しが、小刻みに震え始めた。

六ツを報せ終えて、明らかにときがたちすぎていた。それでも龍玄は、機がまだ兆さないかのように固まっていた。

検使場の軒庇《のきびさし》から落ちる雨が、ぴちゃぴちゃとはねていた。

後ろの本条が、どうした？　と訝るように眉をひそめた。

刹那、上段からの一撃は雨煙を巻き上げうなりを生じた。

ひぃぃ。

囚人の一瞬の鋭い悲鳴が、刑場に響き渡った。

血飛沫《ちしぶき》が、大刀を打ち落とした龍玄の頬と胸元へ飛び散った。

囚人を押さえていた人足らのみならず、龍玄の左手後方の水桶のそばに控えていた牢屋同心らへも血飛沫は降りかかり、同心らが「あっ」と顔をそむけた。

しゅうしゅう、と血を噴き上げる不気味な音が続き、打ち落とされた首が土坑にはねた。

凄まじくむごたらしい首打ちに、束の間、刑場は凍りついた。

人足のひとりが、血飛沫もかまわず土坑へ走りこみ、転がった首の髻《もとどり》をつかんで、検使場の検使役のほうへかざして見せた。

検使の役人らと石出帯刀が人足に頷いて足早に退場していくと、人足らが首の落ちた亡骸に駆け寄り、切縄を解いて衣服を剝《は》ぎとって、様場の土壇に運ぶ支度にかかっていた。亡骸の血は、雫になって垂れていた。

龍玄は荒い吐息をついた。まだこれから、試し斬りがある。胸の鼓動を抑え、心の中の波紋を鎮めなければならなかった。

龍玄の刀を牢屋同心が半紙でぬぐっていると、本条孝三郎が雪駄《せった》を刑場に鳴ら

しさり気なく傍ら へ歩み寄ってきた。

「別所さん、やり損ねたな。珍しいじゃねえか。上手くとりつくろっていたが、ずいぶん動揺していたように見えたぜ。なんぞあったのかい」

「いえ」

龍玄はひと言答え、指先で頰に散った血に触れた。

「山田浅右衛門だってよ、もっとひどいやり損ねがあるからさ。てめえの斬り損ねを囚人が暴れたなんぞと言いわけして、馬乗りになり、てめえも血まみれになって首をかき切るとかさ。それよりはうんとましだから」

本条は、ひくひく、と声を抑えて笑った。

「ただ、おれはあんたが怪物《かいぶつ》だと思っていた。怪物じゃなくて普通の人とわかって意外だったぜ。安心したが、ちょっとがっかりもした。ま、次は試し斬りだ。上手くやりな。ちぇ、よく降りやがるな」

本条は、暮れてゆく雨空を見上げながら木戸のほうへ身を翻した。

# 六

大沢虎次郎から一通の書状が届いたのは、その翌日だった。

そして翌々日の初夏の心地のよい夕刻、大沢と龍玄は、小石川御簞笥町《おたんすまち》から大《おお》塚町《つかちょう》へ向かう途中に厳《おごそ》かな長屋門をかまえる、奥羽廣川家の下屋敷を訪ねた。

龍玄は淡い朽葉《くちば》色と下は萌葱《もえぎ》の継裃《つぎ》、大沢は鈍茶《にびちゃ》の裃に拵えている。下屋敷長屋門の小門を通されると、門わきに出迎えた士が、

「お待ちいたしておりました。わざわざのお越し、畏れ入ります。御馬廻り役・新坂小次郎さま配下の輪多文右衛門《わだぶんえもん》と申します。ほどなく、御目付《おめつけ》さま、並びに御徒目付《おかちめつけ》さまがご到着の刻限でございます。まずは、お席へご案内いたします」

と、恭しく言った。

「何とぞよろしく」

大沢が答え、龍玄は輪多に辞宜をした。

「新坂どのは、今どちらに」

「はい。すでにお席につかれ、刻限をお待ちでございます」

大沢と龍玄は輪多に従った。

下屋敷正面の長屋門から内塀に囲われた本家の内門まで、敷石が長くのびていた。内門前の右手に数間それた前庭の一画、松の木だちと鶯垣《うぐいすがき》に仕切られた先に、幔幕《まんまく》が張り廻《めぐ》らしてあった。

表門内に家士の姿はなく、門扉が両開きに開かれた内門の奥も静まり、昼の名残りの青みがかった空に、烏《からす》が数羽、鳴きながら舞っていた。

内門奥から地面に直《じか》に幔幕の中へ真新しい青畳が敷き並べられ、今宵の切腹人は、内門を出て幔幕の中へ、畳敷きを通って導かれると思われた。

内門わきに裃姿の士が黙然と着座し、幔幕の周囲は警護の士が間隔を空けて、いかめしく立ち並んでいた。

大沢と龍玄は、幔幕の中へ導かれた。幔幕の東側に青畳三枚が玉砂利に敷き並べられ、畳敷きの片側に六枚屏風がたてられた一画が最初に目に入った。

そこが屠腹の場、すなわち切腹場と思われた。青畳には血止めの白布団が敷かれ、屏風も絵のない白無地に黒枠である。

新坂小次郎が、切腹場の一遇に正面へ向いて端座していた。黒塗りの両刀を帯び、目だたない麻裃の扮装だった。

遠目には、十日前、大沢道場で相対した自信の漲った厳しさとは違う、舞台に臨む役者のような緊張の面持《おもも》ちに見えた。

松の木が、新坂の背後の幔幕より高く、夕空へ優美な枝をのばしていた。

切腹場の屛風から五間（約九メートル）ほど離れた西側は白い漆喰《しっくい》の土塀になっていて、土塀の手前に敷いた畳が東側の三枚の畳と正対していた。その畳を囲うように、そこにも屛風がたてられ、屛風を背に床几《しょうぎ》が二台、並べてあった。

切腹場に正対したその床几が検使役の正使、副使の席と思われ、新坂は検使役の方角を向いて切腹場の一隅に端座している。

土塀手前に敷かれた青畳は、切腹場の南側に廻らした幔幕の手前まで、矩形《くけい》に整然と敷き並べてあった。

その南側幔幕手前に敷き並べられた青畳には、廣川家の家士と思われる裃着用の侍たち七名ばかりが、すでに着座していた。

大沢と龍玄は、廣川家の家士らの一番東隣の席に案内された。

みな張りつめた面持ちで畏まり、大沢や龍玄に会釈する者はいなかった。

切腹場の四周の玉砂利にろうそく台がたてられ、赤い炎がすでにゆれていた。

新坂の後方のろうそく台のそばに真新しい水桶と柄杓、斜め前方のろうそく台のほうには三方《さんぽう》と切腹刀の刀身が、白紙の上に用意されている。

大沢と龍玄の席は検使役からだいぶ離れていたが、末席ゆえに切腹場には最も近かった。切腹場の新坂へ、黙礼を投げた。

しかし、新坂は検使役の席のほうへ端然とした面差しを向けているだけだった。緊張のためか、顔が青ざめて見えた。

その夕、廣川家にお預けとなって切腹の沙汰を受ける侍は、公儀書院番《しょいんばん》の組《くみ》頭《がしら》だった。小姓《こしょう》組頭と将軍に近侍する手順にいささか意見の食い違いが生じ、城内虎之間《とらのま》書院番詰所前において口論の末、両者激昂《げっこう》し、刃傷沙汰《にんじょうざた》となった。

小姓組頭が落命した。

書院番組頭は咎《とが》めを受ける身となり、上士のため大名家の廣川家にお預けとなった。お沙汰を待つ身であるが、切腹はまぬがれがたかった。

切腹の正式のお沙汰は、通常、当日の夜間に通達される。ただ、お預けとなった廣川家には二日前、内々に知らせが入っていた。

切腹の介添役、すなわち介錯人は、お預けの家中の屈強の者が選ばれる。家中に適任の者がいないときは、ひそかに他家の士を借り受ける場合もあった。しかしそういう場合、家中に人材がないことを物語るものとして、どこの武家も恥とした。

しかし介錯は、唯《ただ》一刀で首を落とさねばならぬため、精神と剣技の高度な修練を要し、客気《かっき》にはやった腕自慢でさえあればできる、という技ではなかった。

たまたま、廣川家の家中では右に出る者なしと目《もく》されていた練達の使い手が、所用があって国元へ戻っていた。

真剣を抜いた経験すら殆どない家中の者は、みな尻ごみした。

江戸勤番になって間もない新坂小次郎が、組頭の介錯役を申し出た。

新坂は家中ではまだ二十七歳の若い侍だが、一刀流の屈指の使い手と、国元の評判が江戸屋敷にも伝わっていた。剣の腕のみならず、人品骨柄血筋において、誰もが新坂小次郎ならばと認める人材だった。

「新坂ならば、粗漏《そろう》はなかろう」

江戸屋敷の重役方は言い合ったし、ご当主・則忠さまからも、

「小次郎で、よい」

と、お許しが出た。

新坂は大沢虎次郎に、武士として大事なお役を仰せつかった誉れと、ついては血筋正しき武門の切腹と介錯の場を、

《別所龍玄どのに、ぜひご覧いただきたく……》
と、大沢と龍玄に当日、小石川の下屋敷にお招きしたい、という趣旨の書状を寄こしたのだった。

大沢は龍玄に、「気が進まぬのなら、断ってもよいのだぞ」と言った。

龍玄は断らなかった。気は進まなかった。なぜ断らなかったのか、わからなかった。心の中に果てしなくなおも広がり続ける波紋が、鎮まっていなかった。それが断らなかった理由かどうかは、わからない。龍玄は断らなかった。

検使役到着の声が上がり、始めに黒羽織と呼ばれる小人目付衆《こびとめつけ》が六名、小走りに幕内に現れた。続いて、正使、副使の黒裃の目付、同じ黒の肩衣《かたぎぬ》に細縞半袴の継裃の徒目付《かち》が、廣川家の重役と思われる二人の士に導かれ、幕内に入ってきた。

そのあとから、正使、副使の供として従ってきた裃をつけた徒目付衆らが、敷きつめた玉砂利に草履をぞろぞろと鳴らした。

検使役が屛風の前の床几へ着いた。供の徒目付らは検使役の左右の畳敷きに着座した。小人目付衆は検使役を警護する形で、左右の玉砂利へ片膝をついて控えた。廣川家の重役二名は、南側幔幕前の家士らが居並ぶ検使役側に着座した。

幔幕の中は声もなかった。静かに夕暮れのときが流れていた。ただ、その静寂の中に異様な緊迫が高まっていた。

龍玄は、検使役が席に着いてから、新坂が立ち上がるのを、視界の隅で見つめた。日がたちまち暮れてゆき、ろうそくの輝きが増す中に、隆《りゅう》とした体軀が佇んだ。ろうそくの輝きが、青ざめた新坂の顔色を鉛色《なまり》にくすませた。

新坂は裃の肩衣をはずした。次に袴の股立ちを膝が出るまでとったが、ひどく手間どって見えた。

「うん？　どうした……」

大沢が、訝るように小声をもらした。廣川家の家士らは新坂の様子に気づいておらず、儀礼通り粛然《しゅくぜん》とそのときを待っていた。

それを告げる合図はなく、切腹は粛々と行われるのが作法である。

やがて、二人の介添役につき添われ、白裃の組頭が畳敷きを伝い、切腹場前面の片側にたてた六枚屛風の陰より現れた。大柄な凜《りん》とした風貌の侍だった。整えられた髷に、少し白いものがまじっていた。

龍玄は、組頭ののどかにすら見える歩みを目で追った。歩みには、清々《すがすが》しい覚悟が散る花のように見えた。

介添に従っていた二人が、水桶と三方のそばへ速やかについた。

組頭は新坂に黙礼を投げ、白布団を踏んでやわらかく膝を折った。

切腹人は西面して着座する。玉砂利の場を隔てて、正面の席についている検使役が、その組頭の様子をじっと見つめている。

そのとき、組頭が新坂へさり気なく首を向け、何かを訊ねる仕種をした。このとき、介錯人は「ご安心めされ。槍ひと筋の者でござる」とか、「士分でござる」とか、凛々《りんりん》とした語気で答えるのも作法のひとつだった。

蒼白の新坂は、ただ目を血走らせ、答えなかった。作法を忘れていた。

「いかん」

と、大沢の小声がまた聞こえた。

新坂は組頭の左斜め背後に立った。激しい吐息と一緒に介錯刀を、荒々しく抜き放った。その仕種に、廣川家の家士らがようやく小さくざわめいた。

普段の新坂らしくない、大丈夫か……

不安が家士らの脳裡《のうり》をかすめたのに違いなかった。

介添役の小介錯が、三方に載せた切腹刀を、組頭の前においた。切腹刀にはすでに白紙が巻かれ、切先を組頭のほうへ向けてある。

組頭は白無垢《しろむく》の裃の肩衣をはずした。次に小袖を脱いで下着になると、肩からはずした着物を、ゆっくりとした仕種で後ろへまとめた。

その間、新坂の両肩が龍玄にわかるほどに上下していた。

新坂が介錯刀を上段へとったとき、少し早い、と龍玄は思った。

組頭は白無垢の下着を、胸から腹をくつろげ、白い肌を露わにした。

新坂が組頭のゆっくりとした動きを、じりじりとして待っていた。介錯刀が、小刻みに震えているのが龍玄には見えた。

まだだ。腹の中で龍玄は言った。

屠腹の方式は、切腹刀を左腹部に突きたてる。右のほうへ引き廻し、一旦《いったん》これを抜いてとりなおし、胸下みぞおちを刺して心《しん》の臓《ぞう》を貫く。さらにその柄を逆にとり……と続く。

だが、太平の世が続き、作法通りに切腹ができる侍は少なくなっていた。紙に包んだ扇をとって腹へあてるのを合図に介錯する扇子腹《せんすばら》、あるいは、間を空けておいた三方へ手をのばした途端に介錯する、という形式をとった。

龍玄は組頭が、扇子腹でも三方へ手をのばした途端でもなく、切腹刀を実際に腹へ突きたてるように思えた。それを合図に、とそういう気が満ちていた。

切腹場の緊迫が、ぎりぎりと音をたてるかのようだった。

ろうそくの炎がゆれ、空を舞う烏の鳴き声も途絶えた。

新坂の額から、ひと筋の汗がこめかみを伝った。

組頭を睨む目が燃え、顔が歪むほど唇を強く結んでいた。すべての目が、組頭と介錯刀を上段にとった新坂へ向けられていた。

緊迫の一瞬一瞬が、激しいときめきの中をすぎていくかのようだった。

やがて、組頭が十分な時間をかけて着物をくつろげた。そうして、静かに三方へ手をのばした。途端、

「ええいっ」

新坂の甲走《かんばし》った叫び声が、切腹場に響いた。

緊迫に追いこまれた新坂は、介錯刀を打ち落とした。

「あっ」

大沢と龍玄が、同時に声を発していた。

介錯刀の切先が、組頭の首筋を舐《な》めた。ひと筋の赤い筋が走り、霧のような血が組頭の首から噴いたのが、龍玄に見えた。

組頭は身をよじり、うめいた。

新坂の一刀は、切先が組頭の首筋をかすめただけだった。

どよめきが、切腹場を包んだ。

身をくねらせた組頭は、上体を支えることができず三方へ手をついた。三方がよろめいた身体の重みに、音をたててひしゃげた。

首筋から噴き出る血飛沫は新坂の着物に飛び、白布団と畳へ散った。

しかし、組頭はよろめきながらも切腹刀をつかんでいた。よろめきながらつかんだ切腹刀を、作法通り左腹へ突きたてようと試みたのだった。

唯《ただ》一刀を縮尻《しくじ》り、新坂は慌てた。身体がかしいだために間ができた組頭へ一歩大きく踏み出し、狼狽《ろうばい》した二の太刀をふるった。ところが、組頭が前にかしいだ身体を起こしたところへ落とした二の太刀は、逆に間を誤った。

二の太刀が組頭の右肩から首のつけ根を、鈍い音をたてて痛打した。

「わあ……」

悲鳴のような喚声《かんせい》が上がった。組頭は苦痛に顔面を歪め、身体が震え、握り締めた切腹刀がこぼれた。

「新坂どのっ」

介添役のひとりが叫んだ。今ひとりが、

「新坂どの、お気を確かに」

と、声を震わせたが、新坂は動転し、気をたてなおす冷静さを失っていた。

検使役と周りの士たちは、誰ひとり動かず、切腹の様《さま》を凝視している。動転した新坂は三たび、

「ええいっ」

と、叫んだ。

三の太刀は、右肩と首のつけ根を抉《えぐ》られ身を震わす組頭の耳から頰へかけて、ばちん、と鳴らし斬り裂いた。

廣川家の家士らの間に、「ああ」と声が上がった。

組頭は顔をそむけ、息がもれるような悲鳴を発した。綺麗に結った髷が、枯葉が散るようにばらけた。組頭は苦悶しながら身体を折り畳み、俯《うつぶ》せた。

もはや介錯ではなく、斬殺の様を呈した。

新坂は血糊《ちのり》のついた刀を垂らした。組頭から一歩、二歩、よろめいて退いた。呆然とした顔が土色に変わっていた。ゆるんだ唇が激しく震えていた。

「介添役、起こすのだ」

見かねたのか、小人目付衆の間から怒声が飛んだ。検使役の左右の徒目付衆らから、不穏などよめきがおこっていた。

介添役はうろたえながら、血まみれで俯せた組頭のそばへ走り寄り、腕をとって起こそうと試みた。

するると、組頭は血に汚れた手を弱々しく払い、介添役の助けを拒む仕種を見せた。身体をゆらし、自ら起き上がるためにあがいた。必死で、武士らしい最期《さいご》を飾ろうと、もがいていた。

「誰か、て、手助けを……」

廣川家の重役のひとりが、切腹場の惨状を睨んで、声を絞り出した。

「誰ぞ、新坂に代われっ」

今ひとりの重役が居並ぶ家士らのほうへ向き、検使役にも聞こえるほどの声を絞り出した。

二人の重役は年配だったが、居並ぶ家士らはみな若かった。

あの新坂ですらと思うと、若い侍らには衝撃を受ける事態だった。みな、人の首を唯一刀で落とすという行為がどういうことか、人を斬るという行為がどういうことかを、初めて目《ま》のあたりにしていた。

家士らはどよめいたが、誰も立ち上がらなかった。誰もがためらい尻ごみし、恥を晒すこと、人を斬ることにおののき、逡巡《しゅんじゅん》した。

そのとき、検使役の左右に着座した徒目付衆の中から、ひとりの侍が立ち上がった。堂々とした身体つきの壮漢だった。新坂に代わって介錯をするつもりらしく、肩衣を払った。周りの侍や検使役、黒羽織の小人目付らが侍へ向いた。しかし、それよりも早く、南側の幔幕の手前の座から、今ひとりの侍が立ち上がっていた。

検使役らが、今ひとりの侍に気づいたとき、侍は白足袋のまま居並んだ家士らの前の玉砂利を足早に踏み、廣川家の二人の重役の面前へ進み出ていた。

玉砂利が侍の片膝をついた下で、がらっ、と鳴った。

侍は小柄な、童子を思わせる相貌だった。重役らへ、総髪に一文字に絞った髷を載せた頭《こうべ》を垂れ、垂れた頭の下より二重の目で重役らを睨み上げた。

「それがし、介錯人別所龍玄と申します」

何も考えず、龍玄は介錯人と称した。

「ああっ、大沢どのの、つつ、連れか」

年配のほうの重役が、動揺を隠さず聞きかえした。

「さよう。介添役、お任せを」

「侍《たの》んだ」

たったそれだけのやりとりだった。それ以上、言う言葉はなかった。それは人と人の心機の通じ合う呼吸、そうするしかないと了解する咄嗟の気概、気勢、思いを廻らす以前の人の意気地《いくじ》、と言うべきものだった。

龍玄自身も、なぜそういうふる舞いに出たのか、承知していたのではなかった。ただ、重役が「侍んだ」と言い終らぬうちに身を翻していた。

村正の二刀を帯び、払った肩衣がなびき、踏み締める玉砂利が鳴った。

立ち上がった侍は、龍玄が切腹場へ駆けこむ様に釘づけになった。

組頭は切腹場の白布団をつかみ、もがいていた。それでも、起こしにかかった介添役を、血まみれの手で再び押しのけた。

龍玄は切腹場に駆けこんだ。

新坂は呆然と佇んで、なす術《すべ》なく石のように固まっていた。

新坂のうつろな目と一瞥《いちべつ》を交わした次の一瞬、龍玄は軽やかに身を反転させ、噴きこぼれる血の中でもがく組頭に張りのある声を発した。

「介錯仕《つかまつ》る。お支度を」

誰もが息を呑んで静まりかえった。

組頭に身を起こす力は、残っていなかった。ただもがき、身悶え、苦悶するのみに見えた。

だが、幔幕の中に響き渡った張りのある声に誘われ、組頭は血まみれの苦痛に歪んだ顔を龍玄へ向けたのだった。

組頭が龍玄を見上げ、頷いたかに見えた。

次の、ほんの束の間だった。龍玄に頷いた組頭の上体が、ふっ、と身軽になったかのように持ち上がった。束の間、ひろい邸内の片隅で交わされる、どんな小さなささやき声ですら聞き分けられるほどの深い静寂が、たちこめた。

組頭が、切腹刀をつかむかのように素手を握り締め、左腹へ突きたてる仕種をして見せた。

龍玄の抜き放った村正の刀身がろうそくの輝きに照り映え、上段に翻った。

その束の間、龍玄には目隠しをした罪人の無精髭が見えていた。土坑に差しのべた太い首筋が見え、雨が罪人の白い肌を濡らし、龍玄に降りそそいでいた。

その束の間、ひとりはただ斬られる者となり、ひとりはただ斬る者となり、斬られる者と斬る者が、この世における最初で最後の意気を交わした。

それ以外はおのれ自身すらなく、龍玄と組頭には、ただ相通ずる無があった。

龍玄と組頭は、深く果てしない空《くう》の中にいた。

翻った一刀が、大きな弧を描いた。

刃は反《そ》りの中心線と直角にうなじをなめらかに切り分け、沈んでいった。そうして、肉体の奥深くへ速やかに進み入り、血肉の中をすべり、斜行しながら組頭の生命の芯を断ち、髄を断った。

それから刃は、目的をつつがなく達したあとの宙を舞う自在さを得て、静かに龍玄の膝下《しっか》に停止した。

ろうそくの炎が、幔幕の沈黙の中できらめいていた。

喉の皮一枚を残した組頭の首が静かにすべり落ちた。抱え首となって組頭はゆっくりと俯せた。血は白布団へ広がったが、飛び散りはしなかった。

低く深いどよめきが、幔幕の中に流れた。

介添役がすかさず喉の皮を刎ね、髻をとって片膝を折った姿勢で、組頭の首級《しるし》の実検を正面の検使役へ供した。

「見届けた」

検使役の正使が、大音声《だいおんじょう》を放った。

即座に、検使役は小人目付衆に囲まれ、幔幕をあとにした。供の徒目付らと廣川家の重役が、検使役に従った。

「お刀を」

介添役が龍玄の傍らへ進み寄り、白紙で刀をぬぐった。

七

後日、龍玄は大沢虎次郎より、新坂小次郎が国元へ戻ったと知らされた。新坂は、龍玄にも大沢にも、あの日のことをいっさい言い残さなかった。

新坂の突然の帰国は、介錯の失敗の咎めを受けたゆえではない。

《往々、若侍が客気にはやって志願し、失敗を演じた……そのために介錯人が責任をとるということはなく、その場限りにするのが例であった》

と、三田村鳶魚《みたむらえんぎょ》は記している。

夜の五ツ半すぎ、龍玄は無縁坂の住居に戻った。

「お戻りなさいませ」

と、百合が龍玄を迎えた。杏子はもう眠っている。母の静江も、その夜は起きてこなかった。下女のお玉は、すでに自分の部屋に退《さが》っていた。

「お食事は、すまされましたか」

「廣川家で馳走になった。酒も少々いただいた」

龍玄は茶の間の炉端《ろばた》に端座し、村正の大刀を茶の間の板間においた。みな寝静まった夜更《よふ》けに、刀の鍔が無粋な音をたてた。

深い吐息を、龍玄はゆるやかについた。

「では、お茶を淹れましょう」

「うん、頼む。百合も一緒にいただこう」

「はい」

百合は表情を変えず、返事をした。

百合が碗《わん》と急須《きゆうす》をとり出し、茶を淹れる支度をした。炉には黒い鉄瓶が五徳《ごとく》に架《か》けられ、そそぎ口からゆるやかな湯気が上っていた。行灯《あんどん》のうす明かりが、湯気を白く淡く映していた。

「今日は少々、難儀《なんぎ》なことがあった」

珍しく、龍玄は言った。普段は訊ねられる以外、自分からは話さない。

「そうですか。そんな気がしました。また試合を、なされたのですか」

百合が茶を淹れながら、頬笑んで訊いた。

「そうではない。ただ……」

言いかけたが、あとの言葉が思い浮かばなかった。

「龍玄さん、お仕事をなされたのですか」

百合が龍玄の膝の傍らへ茶碗をおいた。

百合は希《まれ》に、龍玄を「あなた」ではなく「龍玄さん」と呼びかける。百合の「龍玄さん」という響きに、幼いころの思い出が呼び覚まされた。

龍玄と百合は、湯島天神の境内で遊んだ幼馴染みである。

百合は、幼馴染みの中の龍玄より五つ年上の綺麗な姉さんだった。

「いや。仕事はしていない」

二人の間に、鉄瓶の湯気が上っている。

「お仕事をすまされたときのような、お顔つきですよ」

「顔つきの違いが、わかるのか？」

「はい。お仕事をなされたあととそうでないときは……」

「顔つきが」

龍玄はひと口、熱い茶を含んだ。

百合は龍玄へ上目遣いに笑みを向け、自分に淹れた茶碗を持ち上げた。

「違うのか」

龍玄は口の中に広がった香ばしさを味わいながら、違うのか、と腹の中で繰りかえした。つるりとした額に小さく残っている疵跡を指先でなぞった。すると、

「嘘です」

と百合は言った。それから、ふ、と噴いた。

龍玄も百合へ、笑みをかえした。

たったそれだけの若い妻の戯《たわむ》れが、なぜか若い夫にはおかしかった。

龍玄の心の中に広がっていた波紋は、鎮まっていた。

そうして、ささやかだがゆるぎない、卑小《ひしょう》だが果てしない、不浄だが清々《すがすが》しく澄んだ安堵を、龍玄は覚えた。

# 悲悲《かなかな》……

## 一

夏が続いている。

午後、母親の静江を妻恋町のお鉦《かね》が訪ねてきた。

静江とお鉦の話し声が、茶の間の板敷から聞こえていた。ひそひそとしたやりとりに、不満そうなため息や低く絞り出された呟きが、とき折りまじった。

かなかなかな……

蜩《ひぐらし》の鳴き声が、昼下がりの物憂《ものう》げなときにまとわりついていた。

裏庭の楓が濃い緑の枝葉を広げ、真っ白な陽射しを浴びている。

楓の木陰が、降りそそぐ夏の光にひれ伏し、息を殺して裏庭にうずくまっているかのようだった。

引違いの明障子《あかり》を開けた居間を、半間（約九十センチ）の土縁《どえん》を隔てた裏庭より射しこむ淡い明るみがくるんでいた。

別所龍玄は、肥後正国の同田貫を抜き、刀身を明るみにかざした。

同田貫の小乱れ刃紋が、刃渡り二尺五寸、七分に反った刃《やいば》の肌を流れていた。撚糸《ねんし》の肌触りを掌《てのひら》に感じつつ、柄《つか》をかすかに鳴らして翻した。

刃を流れる小乱れ刃紋は、まるで午後の明るみと戯《たわむ》れるかのように、つややかな鉛色の輝きを放った。

朝、妻の百合は神田明神下の実家の丸山家にちょっとした用があって、赤ん坊の杏子を抱いて久しぶりに里帰りした。

無縁坂の講安寺門前の住居《すまい》から神田明神下までは、さして遠方ではない。

この春の終りに雇い入れた下女のお玉が、日傘を差しかけて供をし、戻りは夕方になる。妻の百合は、龍玄より五つ年上の二十七歳である。二年前、龍玄の元に嫁ぎ、八ヵ月前、杏子が生まれた。

杏子は寝がえりが打て、少しなら這うこともできるようになっている。家の中に杏子の母を呼ぶ声と、百合の「はい。いますよ」とささやきかえすやわらかな声が聞こえないと、少し物足りない気がした。

龍玄はかざした刀身をまた、ちゃ、と鳴らして翻した。なめらかな刃に龍玄の顔が、ぼうっと浮かんでいる。

「そこまでお鉦さんが気にかけることはありませんよ。親だからって、できることは知れていますから。それは、仕方がなかったんですよ」

茶の間の静江の低い声が、客のお鉦にささやいた。

「でもね、そんなことを聞くとね、自業自得《じごうじとく》だと言えばそうなんですけどね。自分のお腹を痛めた子が、あんなに可愛かった子が、とわが身につまされて、可哀《かわい》想《そう》で可哀想で……」

「お峰《みね》ちゃんは、幾つになったのかしらね」

「二十六です。いつの間にか、七年がたっちまいました。初めは、今日は帰ってくるだろう、明日は戻ってくるだろう、今に必ず改心して、と信じていたんですよ。けどね、七年なんてあっという間です。三年前に亭主が死んだとき、ようやく気がついたんです。お峰は一生戻ってこない、お峰のことは諦《あきら》めようって」

はああ……お鉦が咽《むせ》び声を搾り、ため息を吐いた。

「あの子は元々いなかった、あたしらにお峰はいなかったんだって、自分に言い聞かせて、忘れようとしたんです。けど、忘れられなくて、結局この七年、忘れたことなんて、ありゃしませんでした」

「そりゃあ、自分の子ですもの。いなくなったからって、忘れられるわけではありませんよ」

「今でもね、とっくに諦めているはずなのに、母ちゃん、ただ今、って戻ってきそうな気がふっとしましてね。そしたら、ただ、馬鹿ばかしくて笑いながら、泣けちゃいましてね」

「だけど、生きていることがわかっただけでも……」

静江がお鉦に、ひそひそとかえす声が続いた。

龍玄は、刀身にぼうっと映った自分の顔をぬぐうように、鍔元《つばもと》から切先《きっさき》まで、白紙をなめらかにすべらせた。

この同田貫は、爺さまの別所弥五郎の形見《かたみ》であり、父親の勝吉が隠居をする折り、爺さまの代から別所家に伝わる介錯刀として、龍玄が譲り受けた。

使ったあとは、砥ぎに出した。自ら柄頭の縁金《ふちがね》、柄の純綿黒色撚糸《じゅんめんこくしょく》、目釘《めくぎ》、柄と本鉄地《ほんてつじ》の間の鍔、と順にとりはずし、刀身を自分で砥ぐこともある。

茶の間で、静江とお鉦のひそひそ話が続いていた。

龍玄はまた、同田貫の刀身に白紙をすべらせた。それから、黒塗りの鞘《さや》へかちりと納めた。そのとき、茶の間から静江が呼んだ。

「龍玄、ちょっといいですか。龍玄」

「はい、ただ今」

龍玄は刀を桐油紙《とうゆがみ》にくるみ、押し入れに仕舞《しま》った。

茶の間は板間になっている。

炉《ろ》があり、静江がその傍らに坐っていた。お鉦は竈《かまど》のある勝手の土間の、板敷への上がり端《はな》に静江へ半身《はんみ》になって腰かけていた。

「まあ、坊ちゃん……」

お鉦は腰を上げ、小柄な身体をすぼめるように龍玄へ辞宜《じぎ》をした。

龍玄は板敷に端座し、絣《かすり》模様の麻の単衣《ひとえ》を着流した膝に手をおいて、辞宜をかえした。

「ご無沙汰《ぶさた》しておりました」

顔を上げ、頰笑んだ。

「あたしゃあ、見違えました。妻恋町のころは本当に小っちゃくてね、可愛かった坊ちゃんが、なんて凜々《りり》しいお侍さまに……」

お鉦は、可愛かった、という仕種《しぐさ》をして見せた。

「静江さまはお幸せですね。こんなにご立派な跡とりをお育てになって」

「どうなんでしょうね。どうにか、やってはくれていますけれど」

静江が控えめな笑みを浮かべた。

「どうにかじゃありませんよ。坊ちゃんのお噂は、よくうかがっております。前の旦那さまのむずかしいお仕事を継がれ、牢屋敷のお役目をなさっているのでございましょう」

「はい。結局、そのようになりました」

「子供のころから、坊ちゃんはほかの子とは違っていましたもの。神田明神下の丸山家のお嬢さまが、坊ちゃんの元へならと、こちらに嫁がれましたときは、うちの近所でも評判だったんでございますよ。あんなにお綺麗なお内儀さまをお迎えになられ、別所家の坊ちゃんならお似合いだね、とあたしらの間で、今でもよくそういう話になるんで、ございますよ」

龍玄は頬笑んでいる。

「先だっても、御用聞にうかがったお武家のお侍さま方が、坊ちゃんのお噂をなさっておられましてね」

「あら、龍玄の噂をですか」

「はい。あたしが別所龍玄さまは、子供のときから存じ上げていますと言いますと、どういうお侍だ、凄腕だそうだな、風貌は、といろいろ訊かれたので、子供のときはこういう坊ちゃんで、お爺さまから三代伝わる役目をお継ぎになって、御番所《ごばんしよ》のお奉行さまも一目《いちもく》おかれるほどなんでございます、とお話ししたんです。お侍さま方は、ほお、と感心しておられました」

龍玄と静江は顔を見合わせ、苦笑した。

お鉦は、父の勝吉、母の静江、龍玄の親子三人が、無縁坂の講安寺門前の今の住居に越してくるまで住んでいた湯島妻恋町の、八百屋《やおや》の女房である。

三年前、亭主に先だたれ、夫婦二人で営んできた小さな八百屋を、小僧をひとり雇って今も支えている、と聞いていた。

お峰というひとり娘がいた。龍玄より四つ年上である。

龍玄が四歳から五歳のころ、湯島天神の境内は、界隈の童子や童女らの遊び場だった。その童女らの中に、お峰もまじっていた。お峰ちゃん、と龍玄は呼んでいた。お峰は、龍ちゃん、と龍玄を呼んだ。

龍玄が湯島天神の境内で遊ぶ童子ではなくなるよりずっと以前に、お峰を湯島天神で見かけることはなくなっていた。

無縁坂講安寺門前に越したこともあって、町内でお峰と顔を合わせたり、行き合ったりする機会もなくなっていた。

龍玄は十歳で一刀流の大沢虎次郎の道場に入門し、十二歳で湯島の昌平黌《しょうへいこう》へ通い始めた。

お峰を最後に見かけたのは、龍玄が十三歳のときだった。

湯島の昌平黌から大沢道場へ向かう本郷の往来で、男と連れだっていたお峰を見かけた。お峰は、男とじゃれ合うように奔放《ほんぽう》に笑っていて、真っ赤な唇が別人のように見せていた。

あの折り龍玄は、見てはならないお峰を見た気がして、目をそらした。

それから間もなく、八百屋お峰の評判を聞いた。

昌平黌の年かさの学生《がくしょう》らが、妻恋町の八百屋のお峰は誰とでも寝る、とくすくす笑いながら言い合っていたのである。

十三歳の龍玄には、どういう意味かよくわからなかった。だが、ひどく淫靡《いんび》で猥《みだ》らなお峰の様子が脳裡をよぎり、胸がどきどきと鳴った。

二年ほどがたち、お峰が上野の博徒《ばくと》と駆け落ちをした。

お峰の駆け落ちを知ったとき、龍玄は本郷の往来で見たお峰の奔放な笑い顔を思い出した。お峰の赤い唇が目に浮かび、また胸がちょっとどきどきし、そしてちょっと痛くもなった。

だが、龍玄はすぐに忘れた。それ以後、お峰を思い出すことはなかった。

お峰ちゃんは……と、お鉦に訊ねたかったが、訊ねなかった。

それを訊ねるのは、母の静江と同じ年ごろのお鉦に、きっとつらい思いをさせるのだろう、という気がしたからだ。

お鉦は龍玄に昔話を幾つかしてから、蜩が鳴き騒ぐ午後の陽射しの下を、日傘を差して戻っていった。

「前にお金を用だてていましてね。それをかえしにきたのですよ」

「そうでしたか」

静江は、御徒町の家禄の低い御家人の末娘ながら、算盤ができ、金勘定の才覚があった。勝吉と夫婦になってから、御徒町や本郷、小石川の小禄の武家相手に年利一割三分の利息をとる金貸しを営み、今も続いていた。

龍玄は、お鉦が去った勝手口を見やった。

白々《しらじら》した陽光が、勝手口のすぐに外にある井戸に降っていた。井戸の傍らに椿の木が繁っていて、蜩が盛んに鳴いている。

「ご亭主が亡くなって三年目ですからね。小さなお店でも、お鉦さんひとりで守っていくのは、さぞかし気苦労だったでしょう。女名前で支えてきたけれど、そろそろ養子のことを考えなきゃあ、いけなくなったと仰っていました。娘のお峰ちゃんがいれば婿を迎えて、となるのでしょうに」

「お峰ちゃんの話が出ていましたね。お峰ちゃんは今、達者なのですか」

「聞こえましたか」

「生きていることがわかっただけでも、と聞こえました」

「お峰ちゃんが駆け落ちをしたのは、龍玄も知っていますね……」

「われらの間でも、七年前のお峰ちゃんの駆け落ちは、少々評判になりました」

「七年も音沙汰《おとさた》が途絶えて、どこでどうしているのやら、生きているのやら死んでいるのやらも知れず、お峰のことは諦めたと自分に言い聞かせながら、でも帳外《ちょうがい》にはできなかったのです。それが先《せん》だって、お峰ちゃんを見かけたという人がいて、お峰ちゃんの居所がわかったそうです」

「お峰ちゃんはどこにいたのですか」

静江はすぐには答えなかった。静江は勝手の流し場で洗った碗《わん》を、茶の間の茶《ちゃ》箪笥《だんす》に仕舞った。そして、火の入っていない炉の五徳にかけた鉄瓶の冷たい茶を新しい碗に酌み、龍玄の前においた。

「箱崎町《はこざきちょう》、にいるそうです。そこで訊けばわかるとか。行徳河岸《ぎょうとくがし》の向かいで、山谷舟《さんやぶね》の船宿の多いところと聞きました。賑やかなところだそうですね。龍玄は知っていますか」

「以前、仙台堀《せんだいぼり》の武家屋敷に行ったことがあります。戻りの船で、三俣《みつまた》の入り堀から日本橋《にほんばし》まで行きました。その折り、箱崎を通った覚えがあります。確かに、船宿の多いところでした」

龍玄が言うと、静江は小さく物思わしげに頷いた。

二

龍玄は居間に戻り、文机《ふづくえ》に向かって書物を開いていた。

昼の八ツ半（三時頃）を幾らかすぎたころ、晴れていた空がにわかにかき曇り、雷が鳴り始め、驟雨《しゅうう》になった。

龍玄は書物から目を上げ、雨が楓の木を騒がし、裏庭の地面を激しく叩く様子を眺めた。雨戸をたてなかった。軒《のき》よりしたたる雨だれが、ぱしゃぱしゃ、と音をたて、飛沫《しぶき》が土縁に降りかかるのもかまわなかった。

湿潤《しつじゅん》とした息吹《いぶき》が流れてきて、熱い肌にむしろ心地よい。

龍玄の普段の佩刀《はいとう》は村正である。牢屋敷の《首打役》の折りは、刃渡り二尺三寸余、反り六分（約一・八センチ）の村正を使った。

牢屋敷の首打役は、町奉行所の一番年の若い同心の役目であった。

その際、執刀の砥代に二分の手当金が出た。相応の技量と胆力を要する役目である。失敗は許されなかった。だが、失敗はあった。

町奉行御用という扱筋《あつかいすじ》により、首打役の《手代わり》、つまり代役が、町奉行に認知されていた。

執刀名義は同心のまま、首打ちの手代わりを、腕に覚えのある侍が務めた。

腕に覚えのある侍は、大名や大家《たいけ》の旗本など、有力な武家より刀剣鑑定を依頼され、首打ちにした罪人の胴を試し斬りにした。

牢屋敷には、試し斬りのための《様場《ためしば》》があった。

試し斬りに使った刀の利鈍《りどん》の鑑定を書面にして、相手方の武家に提出する。それによって礼金を得た。

執刀名義の同心は、二分の研代を得て、侍からも礼金をとった。

太平の世が続いて、質実《しつじつ》を旨《むね》とする武家の暮らしは華美を競い、それゆえに、武門に相応しい刀剣鑑定を求める武家が増えていた。殊《こと》に、刀剣が嫁入り道具のひとつとして重宝され出してから、有力な武家の間でそれが顕著《けんちょ》になった。

だが、腕に覚えがあるだけでは、刀剣鑑定は務まらなかった。由緒や血筋、権威にすり寄る一門の名がなければならなかった。

将軍家《御試し御用》を世襲する山田浅右衛門の一門のように、である。

別所の名は、爺さまの弥五郎が、摂津高槻領の別所一門、と由緒ある血筋であるかのごとくに名乗っていた。

摂津高槻領に別所一門が存在するのか、別所一門の縁者が摂津の国に暮らしているのか、龍玄は知らなかった。おそらく、父親の勝吉も、勝吉の女房の静江、すなわち龍玄の母親も詳《くわ》しい事情は聞かされていなかっただろう。

爺さまは別所家のことを、何も話さなかった。

爺さまが、刀剣鑑定のための首打役の手代わりと試し斬りを始めた。

山田家ほど名高くはなかったが、別所弥五郎の名は、町方や牢屋敷の同心らの間で、凄いのがいる、と知れ渡っていた。

刀剣鑑定の依頼が爺さまにきて、少しずつ増えていった。爺さまは、それを生業《なりわい》にし、父親の勝吉が爺さまの生業を継いだ。

しかし弥五郎より首打役を継いだ勝吉は、自らを、《介錯人・別所某……》と称した。倅《せがれ》の龍玄にも、

「おまえは介錯人として、別所一門の名を継がねばならぬぞ」

と、ひと廉《かど》の士分のように言った。介錯人・別所一門、と言われて、そういうものなのか、と龍玄は思うばかりだったが。

侍が屠腹するときの介添役である介錯人は、確かにひと廉の士分に違いなかった。ただ、介錯人という生業はない。

切腹場の介錯と牢屋敷の切場の首打ちは、まったく別の行為である。意味も形も違う。唯一刀で斬首する、あるいは喉の皮一枚を残して首を打つというふる舞いが、相応の技量と胆力を要することだけが同じであった。

咎《とが》めを受けて牢屋敷で屠腹する侍は、中士以下である。上士が自裁《じさい》する場合は大名家へお預けの身となる。その屋敷で裁きの知らせを受け、屠腹する。

切腹が許された侍は、咎めが一門におよぶことはなかった。切腹によって、侍として、咎めの責任を全《まっと》うしたとみなされるからである。

表向きは病死と上役に届けられ、受理される。

そのため、身に覚えがあり咎めはまぬがれぬと悟った侍は、お上の咎めがくだされる前に自ら屠腹し、家門を守った。

屠腹、すなわち切腹人の介錯をする者がいなくてはならなかった。

長い太平の世が続き、介錯人の役目を果たすことのできる侍が、少なくなっていた。市井《しせい》の練達の士が、介錯人を請け負った。

ひと廉の士分である介錯人の、それも言ってみれば《手代わり》である。

龍玄は、十六歳のとき、勝吉の下僕として牢屋敷の罪人の首打ちとそのあとの様場の試し斬りに初めて立ち会い、十八歳の春、勝吉に代わって首打役の手代わりと、試し斬りの仕事を始めた。

別所龍玄の評判が、町方や牢屋敷の同心らの間でささやかれ出したのは、それからわずか数ヵ月がたったころだった。

「首打役の別所勝吉に、龍玄という倅がいる。近ごろ、勝吉を継いで倅の龍玄が、手代わりを務めておる」

「おお、噂を聞いた。親父の勝吉に比べて小柄な男らしいな。どんな男だ」

「小柄で、しかも痩せた男だ。童《わらべ》みたいな顔つきをしておる」

爺さまの弥五郎も父親の勝吉も、背丈が五尺八寸余ある大柄だったが、龍玄は母親の静江に似て、なで肩の五尺五寸足らずの、中背である。

「そんな男が、首打ちの手代わりが務まるのかね」

「先だって牢屋敷で、初めて龍玄の首打ちと試し斬りを見た」

「腕はたつのか」

「刃がな、斬るのではなく、人の身体を舐めるのだ。するとな、首やら胴やらが閂《かんぬき》がはずれるみたいに、ぱく、と離れるのだ。離れた首やら胴やらが、出番が終ってとり外されていくみたいだった」

「出番が終って、とり外されていく？　操《あやつ》りのようにか」

「そうだ。血も噴かなかった。わずかにしたたる程度で、人の身体があんなふうになるのかと、驚いた。それをあの男は、平然とこなしておった。化け物の所《しょ》業《ぎょう》を見ているみたいだった。思い出しても、背筋が寒くなる」

「化け物とは、凄いな」

「化け物か、物《もの》の怪《け》の所業だ」

そんなふうにささやかれ出して一年がたった十九歳のとき、牛込の家禄の低い御家人の介錯人を務めた。御家人は膳所台所《ぜんしょだいどころ》頭《がしら》配下《はいか》の組頭《くみがしら》だった。御用達《ごようたし》の商人より多額の賂《まいない》を受け、便宜《べんぎ》を図《はか》った。

支配役の若年寄より喚問状《かんもんじょう》が届いた。喚問状には罪状が記してある。御家人の咎めはまぬがれがたかった。

たまたま遠い縁者の知人に本郷菊坂臺町の一刀流道場主の大沢虎次郎がいた。大沢虎次郎の中立《なかだち》により、龍玄が介錯人を頼まれた。勝吉が卒中で倒れる前のことである。勝吉から、介錯人の作法の細かな手ほどきを受けた。

「別所の名を辱《はずか》しめぬよう……」

と、勝吉は誇らしげに龍玄を送り出した。

それが別所龍玄の、介錯人としての初めての仕事だった。

しかし、勝吉は介錯人・別所某と名乗りながら、自らが介錯人を務めたことはなかったのではないか。介錯人を務めたことがあれば、あの父親ならば倅の龍玄に自慢しないはずがなかった。

どういう事情でか、爺さまの弥五郎が牢屋敷で介錯人を務めたことがあったらしい。龍玄が生まれる前のことである。母親の静江から聞いた。弥五郎さんは切腹なさる方の介錯人を務めたこともあったのですよ、と。

おそらく勝吉は、介錯人を務めた父親を自慢に思ったのに違いない。父親の弥五郎が亡くなったあと、介錯人・別所某、と称し始めた。勝吉にとって、由緒ありげな介錯人・別所一門の名は、ひと廉の士分としての体裁、見栄だったのだろう。

勝吉が卒中で倒れて亡くなったのは、龍玄が介錯人の務めを果たしてほどなくだった。無縁坂に越してくる前の妻恋町の裏店《うらだな》で亡くなった爺さまも、卒中だった。二人とも酒を浴びるほど呑んだ。どちらもそう長くはない生涯だった。

勝吉は最後まで、おまえは介錯人として、別所一門の名を……と龍玄に言い続けた。勝吉の言葉を、忘れたことはない。

しかしながら龍玄は、祖父の弥五郎が摂津高槻領の、と名乗り、父の勝吉が介錯人の、と称した別所一門の名に、深い思い入れを覚えなかった。

介錯人であれ、首打役であれ、首を打つ者と打たれる者が一対一で相対する刑場や切腹場では、頼みとなるのは由緒ある血筋や家名ではなかった。おのれ自身の性根と言うべき頼みとなるのは、おのれ自身の技量や胆力だった。おのれ自身の性根と言うべきものだった。

勝吉に代わって初めて首打役と試し斬りを始めた十八歳の龍玄には、それがすんなりと了解できた。龍玄のしなやかな心底に、まるで水が染み入るようにそれが了解できたのだった。

龍玄は、これか、とおのれ自身に問いかけた。そうかもな、とおのれの心が答えた。それだけだった。

それが介錯人・別所一門の《三代目》の始まりだった。

四半刻もたたず、夕立は去った。

西の空に傾いた陽射しが雲の隙間から顔をのぞかせ、楓の木の雫をきらきらと輝かせた。寂寞《せきばく》とした夕方が、近づいている。

龍玄は文机を離れ、刀架《とうか》の村正をしゅっと帯びた。

茶室の襖越しに、静江の鳴らす算盤の音が聞こえる。

静江は龍玄が百合を妻に迎えたのち、それまで使っていた土縁のある居室を倅夫婦に譲り、今は客座敷と隣り合わせの奥の茶室を、寝間と居室に使っている。金貸しの勘定や帳簿《ちょうぼ》づけなども、そこでやった。

「母上、池之端まで出かけてきます」

襖越しに声をかけた。

「そうですか。いってらっしゃい」

算盤の音が止まった。湿り気を含んだ熱気が再び裏庭を包んでいた。

かなかなかな……

夕立に降られて身をひそめていた蜩が、再び鳴き始めた。

三

講安寺門前通り裏の小路《こうじ》を、無縁坂に出た。長い急な坂道が、武家屋敷の土塀と町地の境を池之端の茅町までくだっている。

茅町の屋根屋根や不忍池に浮かんだ弁才天の赤い屋根、池の水面《みなも》を覆う蓮の葉《は》群《むら》を、雲の切れ間から射す西日が色鮮やかに照らしていた。

上野寛永寺の御山の杜《もり》と門前から下谷広小路の繁華な町並を覆う空の果てに、帯のような雲が重なっている。

素足《すあし》につけた草履が、わずかにぬかるみの残った無縁坂に鳴った。

坂をくだり、茅町の一丁目と二丁目の境を抜ける。不忍池の畔《ほとり》に出た。水辺に茅が茂っていて、堤端《つつみばた》の柳や、桂《かつら》、楢《なら》の木々の緑が、驟雨がすぎたあとの蒸し暑さの残る中にも、清々しさを醸《かも》していた。

龍玄は堤道を一丁目のほうへ折れた。

雨上がりの堤道に人通りはまばらで、寂しさと静けさが不忍池を覆っていた。その堤道の池之端仲町《なかちょう》のほうから、百合とお玉の戻ってくる様子が見えた。

百合のほっそりとした身体に、藍の着物が似合っていた。両腕に抱いた薄桃《うすもも》色の子供着の杏子が、さらさらとした髪の頭を百合の肩に凭《もた》れかけさせていた。

まるで、藍に入れた薄桃色の大きな模様のように、百合と杏子はひとつに見えた。百合は腕の中の杏子を気遣っているらしく、すみやかな歩みだったが、静かな足どりだった。

だいぶ前から龍玄に気づいていて、小さな笑みを寄越していた。

「あ、旦那さまです。奥さま」

お玉が龍玄を見つけて、快活《かいかつ》に言った。お玉は日に焼けた顔に団子鼻の器量はよくないけれども、明るく愛嬌《あいきょう》のある十六歳の娘である。

「わかっています。杏子が目を覚まします」

百合がお玉へ顔を向け、杏子の背中を優しくなでながら言った。あっ、とお玉は口をきゅっと結んだ。杏子は百合の腕の中で、眠っていた。

龍玄は三間ほど手前まで近づき、歩みを止めた。百合がくるのを待った。百合と目を合わせ、それからきゅっと口を結んだお玉へ笑いかけた。

「きてくださったのですか」

杏子は眠ったまま、百合の着物の布地を小さな手でつかんでいる。

「雨と雷がひどかったので、気になった」

百合は龍玄に並びかけ、笑みを交わした。それから、おかしそうに言った。

「雷が鳴り始めると、杏子が大きな目を見開きましてね。何？　と問うみたいに不思議そうに宙《そら》を見上げるのです。その顔に面影があるのです。やっぱり似ている、と思いました」

「誰に？」

「あなたにですよ。子供のころのあなたに。あなたの子供のころの顔が思い出されて、おかしくてなりませんでした」

「そうか。似ているかな。子供のころというのは、なんだか照れ臭い」

「うちの母も、しばらく見ないうちに、ますます龍玄さんに似てきました、と感心して言っておりました」

と、百合はそのときのおかしさを思い出したらしく、くつくつと笑った。

龍玄は百合の腕の中の杏子をのぞき、自分の頰から顎のなだらかな形を指先でなぞってみた。

「わたしは、こんな顔をしていたのか」

「ええ。殊に、あなたと杏子の目はとてもよく似ています」

そう言って、百合はまだ笑っている。

龍玄と百合は湯島天神境内で遊んだ幼馴染みである。四歳から五歳の龍玄が童子らと湯島天神境内で遊んでいたころ、九歳から十歳にかけての百合も、界隈の童女らと同じ境内で遊んでいた。

百合は界隈の童女らの間では、いつも中心になっていた。

希に童子童女らが相まじって、隠れ遊び、草履隠し、などに興じることがあった。その折りの仕切り役は、必ず百合になった。境内で一番綺麗で、賢くて優しい姉さんだった百合の言葉に、子供らは一も二もなく従った。

幼い龍玄も、そんな童子童女らの中のひとりだった。

百合の姿を湯島天神境内で見かけたのは、一年にも足らぬ月日だった。

いつの間にか、境内で遊ぶ童子童女らの中に百合の姿が見えなくなった。童子童女らは、先に大人になっていく者から順に抜けていく。そんなふうに、百合が抜けていったのは、わかっていた。

しかし龍玄は、あの一年にも足らぬ月日を、よく覚えている。

そのとき、龍玄の気配に気づいたのか、杏子が目を覚ました。そして、つぶらな目を母の腕の中から龍玄に投げた。

「杏子、目を覚ましたね」

「あらあら、起こしてしまいましたか。ごめんね」

「では、家までわたしが抱いていこう」

龍玄は百合の腕から杏子を抱きとった。

腕に抱きとった杏子の小さな身体は、儚《はかな》いほどやわらかい。けれども確かなぬくもりが腕に伝わり、無垢《むく》な、隔《へだ》てのない、澄んだ心根《こころね》が、春の新芽のように次々と芽吹いているのが感じられた。

「ほら杏子、お父上ですよ。龍玄さんですよ……」

百合が戯れて言うと、龍玄が笑い、杏子が声を出した。

主人夫婦のそんな様子を傍らで見ているお玉は、旦那さまと奥さまが仲むつまじいのはいいけれど、人通りが少ないとはいえ人目につく往来のことなので、きまりが悪く、ちょっとどぎまぎした。

龍玄は杏子を抱いて、池之端の往来を戻り始めた。

森閑《しんかん》と広がる池面《いけも》を、一日の終りの近づいた夕日が照らしていた。対岸の御山の杜のほうから、つびぃ、つつびぃ、と鳥の鳴き声が池を越えてひっそりと聞こえてきた。

「やまがらが鳴いている」

龍玄は杏子をあやしつつ、堤端に足を止めた。すると、杏子が腕の中で鳴き声のするほうへ顔を向け、口真似《くちまね》するように何か言った。

百合が龍玄に並び、杏子に「なんですか？」と話しかけた。

「百合、お峰ちゃんを覚えているかい」

龍玄は、不忍池と御山の杜の夕景色を眺めて言った。

百合は龍玄へ、ふっ、と懐かしげな目を向けた。

「妻恋町のお峰ちゃんですか」

「そうだ。七年前、上野の博徒と駆け落ちをした、八百屋のお峰ちゃんだ。ずっと行方知れずのままだった」

「覚えています。湯島天神の境内で、お峰ちゃんたちともよく遊びましたから。わたしよりもひとつ年下です」

「妻恋町に住んでいたころ、お峰ちゃんの八百屋はうちの近所だった。主人夫婦には可愛がってもらった覚えがある。わたしはずっと、お峰ちゃんと呼んでいた。

向こうは龍ちゃんだった」

「お峰ちゃんが、どうかしましたか？」

「昼間、お峰ちゃんの母親のお鉦さんが母のところにきた。母に金を借りていて、その返済にきたのだ」

「ええ。お義母《かあ》さまが八百屋のお鉦さんに前から融通なさっているのは、存じています。女手で小さくとも表店《おもてだな》を営んでいくのは大変なのです、お鉦さんから利息はとれません、とお義母さまが仰っておられました」

そうなのか――と、龍玄は杏子のさらさらした髪をなでた。

「お鉦さんが母に、お峰ちゃんのことを話しているのが聞こえたのだ。それで気になった。あとで母に訊くと、お峰ちゃんの居所がわかったらしい」

「まあ、お峰ちゃんの居所がわかったのですか。それはよかったですね。お鉦さんはお喜びでしょうね」

「そうだろうな。たぶん……」

龍玄の曖昧な答えに、百合の顔つきがわずかに曇った。

「お峰ちゃんの居所は、江戸なのでしょう」

「うん。箱崎町だ。船宿の多い町だ」

「お峰ちゃんは箱崎町で、所帯を持っているのですか」

「よくわからないらしい。お鉦さんはまだ、お峰ちゃんに会っていない。七年も音沙汰がなかった。恐くて会いにいけないと、母に泣いて言ったそうだ」

「お気の毒に。無理もありません。お鉦さんは三年前にご主人をなくされて、心細い思いを堪《こら》えてお店を営んでこられました。お峰ちゃんが戻ってくれたらと、きっと願っていらっしゃるでしょうに」

「願っているだろうな」

龍玄は繰りかえした。不忍池と御山の杜の夕景色をなおも見つめ続けた。杏子のぬくもりが、龍玄に何かを伝えているかのように脈打っていた。そのとき、
かなかなかな……

声をひそめていた蜩が、近くの樹木で鳴き出した。

すると、池面に降っている金色の夕日が見る見る灰色に陰っていった。

ざわざわと、ときめきが龍玄の胸を打った。そうして、なぜかせつなく悲しいような杏子への愛《いと》おしさが、ざわざわと音をたててこみ上げた。

# 四

丸山織之助が、講安寺門前の住居へ中間《ちゅうげん》をともなって訪ねてきた。

夕食の片づけを終え、久しぶりに里帰りをした百合から丸山家の様子などを聞きながら、就寝前のひとときをすごしていた夜の五ツ（八時頃）近い刻限だった。

中の口の腰高障子に提灯の明かりが差し、ほとほと、と叩かれた。「ごめんくださいませ……」と声がし、お玉が出ると、昼間、百合の供をして出かけた丸山家でご挨拶をしたご隠居さまと提灯を提《さ》げた中間がいた。

「あ、ご隠居さま。昼間はお世話に……」

お玉は戸惑いつつ辞宜をした。お玉の声が茶の間に聞こえたので、龍玄が先に中の口の土間からの上がり端に出た。

「おいでなされませ。昼間は百合と杏子がお世話になりました」

すぐに静江と百合が龍玄の後ろにきて、

「まあ、これはお義父《とう》さま、わざわざのおこし、畏《おそ》れ入ります」

と、静江が板間に手をついた。

「父上、どうなさったのですか」

百合が訝《いぶか》しげに言った。

「このような夜分、まことに申しわけない。龍玄、畏《かしこ》まらないでくれ。お義母さんも、手を上げてください。そうだ、百合。こちらへくるならついでに持っていくようにと、持たされた。昼間は、荷物になるので別の機会にと渡さなかったおまえの子供のころの着物だ。持ってきた」

中間が風呂敷に包んだ荷物を、「どうぞ」と板間においた。

「あら、こちらへくるなら、ですか？」

「ふむ。ついでにだ」

「まずは、お義父上《ちちうえ》、お上がりください」

龍玄が言った。と、居間に寝かしていた杏子の泣き声がした。

「ああ、騒がせて杏子を起こしてしまったか。すまんすまん……」

百合が居間の杏子のところへ行き、「はい、いますよ」とあやした。

「義父上、お上がりを」

「どうぞ。狭いところですが」

龍玄と静江が織之助を促した。

しかし織之助はためらい、すぐには上がらなかった。くつろいではいても、羽織袴姿に拵えている。龍玄に何か用件がありそうに察せられた。

「義父上、ご用件をうかがいます。玄関から、座敷へお上がりください。母上、茶の支度をお願いします」

龍玄は織之助の様子を察して言った。

中の口の隣に、式台を備えた玄関がある。

「そうか。だがいい。ここから上がらせてもらう」

織之助は中間に、ここで待つように、と言い残し、座敷へ通った。

龍玄は座敷の行灯《あんどん》に火を入れ、蚊遣《かや》りを焚《た》いた。

座敷は八畳の広さの北側が、床の間と違い棚のある床わきになっている。織之助は床の間と床わきを背に坐り、龍玄は織之助と対座した。

織之助は、五十をすでに幾つかすぎてなお旗本の気位の衰えぬ相貌を、龍玄との間の畳に落とした。龍玄より二寸近く背の高い痩軀《そうく》の背筋をのばし、膝に手をおいて、粛然とした素《そ》ぶりをくずさなかった。

母方の御家人の伯父が、百合を龍玄の嫁にと申し入れに行き、この義父の前で殆《ほとん》ど顔を上げられなかった、とのちに龍玄に語った威圧感があった。ただ、居

間のほうより杏子がむずかり、百合のあやす声が聞こえると、

「どうやら、機嫌をそこねたようだ」

と、穏やかな祖父の顔つきになった。

お玉が茶碗を運んできて、「どうぞ」と膝の前に進めた。

「ありがとう。いただく。急いだので、いささか喉が渇いた」

織之助は碗を持ち上げ、ひと口含んだ。

「冷えた茶があります。それもお持ちしましょうか」

「いや。これで十分。ゆっくりといただく」

そう言って碗を茶托《ちゃたく》に戻し、ふむ、と吐息をついた。そして、明障子を開け放った庭のほうへ、眼差しを物思わしげに投げた。

座敷の東側に板縁《いたえん》と土縁があって、土縁の外は裏庭に面した居間とは反対の中庭へ出られる。中庭の板塀に沿って、勝吉が武家屋敷らしく、と体裁を考慮して植えさせた、梅、なつめ、もみじ、松、などの木々が繁っている。

だが今は、それらの木々も夜の闇に、すっぽりとくるまれていた。

緑のそばに焚いた蚊遣りが、うすい煙を上らせている。

「何から話せばいいのか、じつは少々混乱している」

織之助が、龍玄との間の畳に眼差しを戻して言った。

「昼間、百合が戻るときは、わたしにもまだわかってはいなかった。六ツごろ、知人より書状が届いた。知らせと言うよりも、依頼と言うべきだな。知人は若きころからの古い友だ。書状を読んで、急いで支度をして屋敷を出た。龍玄、仕事を頼みたい」

それから織之助は束の間をおき、ひと言、

「介錯だ」

と、言った。

杏子がむずかり、夜の静寂《しじま》をかすかに破っていた。

丸山織之助は、神田明神下の通りに屋敷をかまえる旗本である。家禄は二百俵の小身《しょうしん》ではあったが、公儀勘定吟味役という重職に就いていた。

勘定吟味役は職禄が五百石あり、勘定奉行ではなく老中支配である。つまり、勘定吟味役は勘定奉行から独立した立場にあった。家禄の低い旗本が、公儀で上り得る最高の役目、と言われている。

どれほど名門の旗本であっても、有能でなければ就ける役目ではない。

織之助は数年前、家督を長男に譲って勘定吟味役を退《しりぞ》いた。長男は去年、勘定組頭に昇任した。次男は勘定衆に就き、大手門《おおてもん》わきの下勘定所に出仕している。

丸山家は秀才の一門として知られていた。

百合は、丸山家の長男の次に生まれた長女であった。童女のころより、神田明神下の丸山家の美しく賢いお嬢さまとして、界隈の武家のみならず町家でも、百合は評判の娘だった。

二十歳を幾つかすぎて番方《ばんかた》を務める旗本の大家に嫁いだが、事情があって三月《みつき》足らずで離縁と決まり、神田明神下の実家に戻っていた。

それでもその一年半後、百合が講安寺門前に質素《しっそ》な住居をかまえる浪人・別所龍玄の元に再縁《さいえん》する噂が出たとき、「冗談だろう」「無理だよ」というのが界隈でささやかれた評判だった。

そしてそれが冗談ではなく本当だとわかると、神田明神下の名門の旗本のお嬢さまが、牢屋敷の首斬人の女房になった、と無縁坂や池之端、湯島界隈でもっと評判になったのだった。

杏子がむずかっていた。普段ならすぐ大人しくなるのに、何かを覚えるのかもしれなかった。

静江が居間をのぞき、「杏子、どうしたの……」と、気にかけた。それから、百合と静江が抑えた声を交わした。

「ご依頼の子細《しさい》を、おうかがいいたします」

龍玄は、織之助へ型どおりに言った。

「友の名は原田六右衛門《はらだろくえもん》と言う。勘定吟味役の同役として、二十年以上、共に役目を果たしてきた。役目上の悩みや苦労を分かち合った仲だ。わたし同様、倅に家督を譲りすでに隠居をしておる。倅は、わが次男と掛《かかり》は違うが、勘定方を務めておる。会ったことがある。名は隼《はやと》。わが倅どもより有能な男だ」

そう言って織之助は眉をひそめ、また茶碗をとった。

「昨日の午後、岩鼻《いわはな》の陣屋《じんや》に急な書状を届ける用があって、中山道《なかせんどう》を急いでいたところ、戸田《とだ》の渡しで何事かの諍《いさか》いに巻きこまれた。その結果、隼が刃傷沙汰を起こしたらしい。ただ、刃傷沙汰の相手は侍ではなかった。近在の百姓が相手だった。なぜそのような諍いに巻きこまれた挙句に百姓を、と思うが、隼と百姓のどちらに非があったのか、書状では詳しい事情はわからぬ」

龍玄は織之助が茶を含むのを、黙って見つめた。

「隼は近在の村役人らの手によってとり押さえられ、とり調べの陣屋の役人がくるのを待つ身になっておる。とり調べがすんだあと、江戸の牢屋敷に送られ、評定所《ひょうじょうしょ》の裁きを受けることになる。とり調べは長くはかからぬだろう、両三日のうちには、隼は江戸へ送られるだろうと、書状にあった」

織之助はひと息ついた。額《ひたい》がうっすらと光って見えた。

「六右衛門は、堪《たま》らぬであろうな。やっと生まれたわが子を慈《いつく》しみ育て、ひたすら子の幸せを願い、怪我はせぬか、病気はせぬかと見守り、懸命に日々を送ってきた。一年がすぎ、三年がすぎ、十年、二十年が夢のようにすぎ、わが子は無事に、親が望む以上によき人と為《な》った。為ったはずだった」

織之助は、険しい顔を龍玄に向けた。

「親はわが子とのすぎ越し年月をふりかえり、苦労の甲斐《かい》があったと、役目を終えて退《しりぞ》いてゆく。それが人の世の習い、人の世の営みと信じていた。ところがどうだ。その子が罪人の誹《そし》りを受け、縄目の屈辱にさらされ、裁かれようとしておるのだ。なんたることだ。親はわが子のために何もしてやれぬ」

龍玄は沈黙を守り、頷きもしなかった。

「六右衛門は、隼の罪はまぬがれぬ、と書状に書いていた。言いにくいが、侍にあるまじきふる舞いと厳しく断罪されるであろうと。このままでは、原田の家に累《るい》がおよぶ恐れがある。それではご先祖さまに申しわけがたたぬ。倅の罪が原田家に累をおよぼす不面目《ふめんぼく》は、断じて避けねばならぬ。それが六右衛門の倅のためにしてやれる唯一のことなのだ」

織之助はひと息つき、言葉を探すかのように目を伏せた。

「龍玄のことを、以前、原田に話したことがあった。切腹場の介添役をも請け負うていると な。原田は隼に侍らしく腹を切らせ、死なせてやるつもりなのだ。龍玄に介錯を頼みたいと、じつは、そのために書状を寄こした」

杏子のむずかりは収まっていた。家の中は静まりかえり、織之助の低い声だけが、途ぎれ途ぎれに続いていた。

わたしに介錯人を――と、龍玄はようやく言った。

「ということは、隼どのの切腹は、表沙汰にはできぬのですか。原田家の内々の事情として、事を収めると……」

「百合の婿の龍玄に、このような頼み方をするのは心苦しい。だが、これは表だって、頼めることではない。勘定奉行さまにも内々にお許しを得ておる。隼の上役《やく》の組頭や、原田の後輩の勘定吟味役のとり計らいだそうだ。おぬしの腹の中だけに収めてもらわねばならぬ。百合やお義母さんにも知られてはならない」

織之助が頭を垂れた。

「そのような始末のつけ方が、正しいか正しくないかは、わたしには言えぬ。ただ、わが友の頼みを、親が子に引導《いんどう》を渡さねばならぬ無念を汲んでもらいたい。やってくれぬか、龍玄」

「義父上、正しいか正しくないかを、問うのではありません。どなたの場合であれ、わたしは侍が侍らしい最期を全《まっと》うするための介添役を果たすのみです。隼どのが侍らしい最期を全うされますよう、介錯人をお引き受けいたします」

手はずを、お聞かせ願います——と、龍玄は静かに言った。

「すまぬ」

織之助は頭を持ち上げた。

「中山道と王子道《おうじみち》が分かれる辻に庚申塚《こうしんづか》がある。昼間は四軒茶屋《よんけんぢやや》の掛小屋《かけごや》が建て廻され、駕籠かきらの立場《たてば》になっている。今宵真夜中の九ツ（零時頃）、六右衛門がそこでわれらが行くのを待っている。刻限が決められている。明日朝五ツ（八時頃）までに、組頭に届け出ることになっておる。隼、病死と。隼が捕らえられている村は……」

「お待ちください、義父上」

龍玄が織之助を止めた。織之助が龍玄へ、何か、という目を向けた。

「庚申塚へは、わたしひとりで出かけます」

「ひとりで？　いや、わたしも行く。わが友の六右衛門のためにも行ってやりたいし、龍玄を六右衛門に引き合わせねばならぬし」

「侍の切腹場であれ、罪人の切場であれ、一個の首を打つ者としてのみ、わたしはその場に臨む所存です。その場に、わが私情、さまざまな縁《ゆかり》やかかわりをまじえず、一個の打たれる者としての相手と、向き合いたいのです。それがわが務めの存念なのです。原田さまも、このようなわたしだからこそ、任せられるのではありませんか」

「それで、いいのか」

「お任せを。ただちに支度を整え、出立《しゅったつ》いたします」

五

庚申塚は、北へは王子道、南は大塚道へ折れる中山道の辻に建てられた石碑《せきひ》である。中山道に沿って四軒の団子茶屋が小屋をかけ、江戸から板橋宿《いたばししゅく》へ入る立場になっている。

九ツ少し前、庚申塚の周辺は、街道も小屋もただ果てしなく覆う星空の下で静かに眠っている。龍玄の提げた提灯の明かりと草鞋《わらじ》の音だけが、暗い道の先へしなやかに流れていった。

暗い道の先に、提灯の小さな明かりが灯っていた。

その明かりにくるまれるようにただひとつ佇む人の姿を、龍玄は道のだいぶ先から認めていた。佇む人は、編笠を目深《まぶか》にかぶり、濃い色の羽織に縞袴をつけ、白足袋に草鞋を締めていた。

編笠に隠れて顔は見えないものの、年配の身体つきに思われた。

中背に小太りのおっとりとした風貌に、黒鞘の佩刀が似合っていなかった。

ほかに人影はなかった。星空と静寂だけが、暗い夜道に灯る二つの明かりが近づくのを見守っていた。

二間をおいて龍玄は歩みを止め、先に頭を垂れた。

龍玄は薄鼠《うすねず》の羽織に、下は黒の小袖、同じく黒の半袴、黒足袋、草鞋をつけ、菅笠《すげがさ》をかぶっていた。

佩刀は村正の二刀だが、背に刀袋に収めた同田貫を負っていた。

「もしや、そこもとは……」

と、老侍が提灯をゆらした。

「別所龍玄でございます。わが義父・丸山織之助の指示によってまかりこしました。原田六右衛門さまとお見受けいたします」

「いかにも。原田六右衛門でござる。丸山どのに無理にお頼み申しました。火《か》急《きゅう》の次第でござる。何とぞご容赦くだされ」

「早速、まいりましょう」

「別所どのは、おひとりでまいられたのでござるか」

「わたくしは市井に暮らす者です。いつもこのとおり、ひとりです。それとも、義父がくることもお望みだったのでしょうか」

「いや、そうではないが」

介錯を請け負い、人の首を唯一刀で落とす市井の練達の士であるからには、それに相応しい風貌の侍を思い描いていたのであろう。

この男がそうなのか、と原田の眼差しは龍玄の中背の痩軀を訝しんでいた。

「何とぞご懸《け》念《ねん》なく。なすべきことは承知いたしております。隼さまのおられる場所へ、案内を願います」

「さ、さようか。では」

と、原田は先を行き始めた。

庚申塚から板橋宿のとりつきまで半里（約二キロ）。空漠《くうばく》とした星空に、果てしない沈黙が広がっていた。またたく星以外は、すべてが眠っていた。暗い夜道をとぼとぼと歩みながら、原田の丸い背中が力なくゆれた。歩みは遅く、まるで暗闇をさまよう流浪《るろう》の者のようである。

龍玄は沈黙を守った。原田に何も訊かなかった。

介錯は、打つ者と打たれる者の性根がぶつかるその一瞬に決まる。そのとき、隼の性根が見えるはずだ。それでよい、と龍玄は思っていた。

板橋宿は江戸のほうより、平尾町《ひらおちょう》、中宿《なかじゅく》、上宿《かみじゅく》、と三つの宿《しゅく》に分かれ、この三つを合わせて下板橋宿とも呼ばれている。中山道の首駅《しゅえき》である。

二人が平尾町の町中にかかり、平尾町を抜けて中宿の町並に入ったころより、街道はゆるやかな下り坂となって、板橋へ向かっていた。

町中のそこここに、旅籠《はたご》らしき二階家の窓明かりが点在して見えた。夜の静寂に宿場女郎《じょろう》の嬌声《きょうせい》が、か細く響き渡った。

やがて街道は石神井川《しゃくじいがわ》に出て、石神井川にはゆるやかに反った板橋が架かっていた。板橋は長さ九間（約十六・二メートル）、幅三間（約五・四メートル）

である。橋の袂《たもと》の松などの木々の影が、川面へ枝葉をのばしていた。

板橋の半ばまできたとき、原田は歩みを止めた。橋の手すりに手をおき、暗く沈んだ川筋を漫然《まんぜん》と見つめた。ゆるやかな歩みのため、庚申塚から早や半刻《はんとき》（約一時間）がたっていた。原田の肩が、呼吸に合わせて小さな波を打っていた。

「お疲れになりましたか」

龍玄は原田の丸い背中に声をかけた。

「疲れなど……倅の最期の夜でござる。疲れたのではござらん。倅にかける言葉を考えておりました。何を言えばよいのか」

原田の背中は、話したがっているように見えた。こういうときのために友の織之助がいればよかったのかと、龍玄は少し後悔した。

「別所どのは、お幾つでござる」

原田が手すりに手をおいたまま、龍玄へ向きなおった。

「二十二に、相なりました」

「二十二？　若い。若いなあ」

原田はため息を吐くように言った。それから再び歩み始めた。

「倅は隼と申す。二十四でござる。勘定衆の初出仕が、十九でござった。優秀な自慢の倅なのでござる。嫁とりの話がありましてな。家内が喜んで、式は、披露《ひろう》の宴《うたげ》はと、まだ決まってもおらぬのに、勝手に大騒ぎをしておった。それが可哀想に。家内は、われら夫婦は、倅の子を、孫をこの手に抱くことなく、消えていくことになるのでござる」

板橋から街道は、上宿のわずかな上り道である。

原田の丸い背中は、後ろに従う龍玄に話しかけた。だがそれは、原田がおのれ自身に語りかけないではいられない低い呟きに思えた。

「何ほどのことでもなかった。まことに些細《ささい》なことでござった。昨日、岩鼻の御陣屋に急な書状を届けねばならぬ用件が持ち上がり、午後になって倅に出張が命じられた。内密の重要な書状であればひとりということはないが、急ぎではあっても公《おおやけ》の事柄であった。ゆえに、昨日は倅ひとりだった。昼の八ツ（二時頃）ごろに大手門の下勘定所を出て、この板橋宿を抜けたのは七ツ前と思われる」

上宿の家並は暗がりに沈み、ぽつりぽつりと灯っていた旅籠の明かりも途絶えていた。上宿を出ると、田野《でんや》の道をゆき、蓮沼村《はすぬまむら》、志村《しむら》をすぎて、戸田川と土地では呼ばれる荒川《あらかわ》の戸田の渡し場へ、街道は北へ続く。

「倅は何事にも生真面目《きまじめ》な男だった。明るいうちに戸田の渡し場を渡り、蕨《わらび》か、できれば浦和《うらわ》に宿をとる算段だった。その日のうちに少しでも稼いでおけば、翌日よりの旅程が楽になると考えたのでござろう。生真面目さゆえに、考え方に少し窮屈《きゆうくつ》なところがあった。不測の事態に備えて、ゆとりを持って算段をたてるという考えが、倅には足りなかった。それが難点でござった」

板橋宿から蕨まで、戸田の渡しをへて二里半（約九・八キロ）。夕方の田野の道を急ぐ若い勘定方の姿が推量できた。

二人は上宿を出て、蓮沼村への街道をとっていた。満天の星空が開け、道の前方に蓮沼村と思われる黒い影がぼんやりと見分けられた。

あれにとっては、不測の事態だったのでござろう――と、原田は続けた。

「戸田の渡し場までできたとき、渡し舟が川辺を出たばかりだった。倅は堤を駆けおり、待ってくれ、と渡し舟に呼びかけた。引きかえせ、御公儀のお役目ぞ、と棹《さお》をとる船頭に叫んだ。それを、渡し舟で戸田のほうから渡ってきたと思われる百姓の男と女が、あはあはとあざけるように笑った。それでも、船頭が船をかえしてくれたなら、事は起こらなかった。かえしてくれたなら……」

船は引きかえしてこなかった。

原田の肩が、小刻みに震えた。歩みは遅く、暗がりの中にこのまま溶けこんでしまいそうに見えた。

「船が引きかえしてくるのを待てばよかった。あるいは、その日は諦めて、板橋宿へ戻り、宿をとって、翌日急げばよいと切り替えればすむことだった。だが、倅は生真面目すぎた。窮屈すぎた。渡し舟に乗り遅れた自分を笑った百姓に腹をたてた。百姓、なぜ笑う。侍の不首尾が面白いか。他人の難儀が愉快か。人をあざけるのが楽しいか、と迫った。刀に手をかけ、抜き放ったのでござる」

蓮沼村のほうで犬の長吠えがわき起こり、星空に響き渡った。原田が顔を後ろの龍玄へ向けるようにかしげ、編笠の下の横顔を見せた。

「別所どのの噂は聞いたことがあった。丸山どのから別所どのの話を聞く前のことでござる。恐ろしいほどの凄腕と、町方の間の噂が聞こえてきたのでござる。そのときは気に留めていなかった。首打役の手代わり、試し斬りの刀剣鑑定が生業で、その腕を見こまれ、われらのような立場の武家の介添役をも、ときに請け負うておられると」

「さようです」

「ただ、あの美しい丸山家の百合どのと別所どのとの婚姻が決まったと聞いたとき、正直なところ、一体なぜ、と思った。すまぬ。別所どのの生業をとやかく言うつもりではない。年寄りの戯言《ざれごと》、気を悪くせんでくだされ」

「どうぞ、お気になさらずに」

龍玄は原田の横顔へ、平静に言った。原田は前へ向きなおり、とぼとぼと歩み続けた。

「先代より、今の仕事を継がれたと、うかがったが」

「祖父の代に始め、わが父が継ぎ、わたくしは三代目です」

「ふむ、三代目でござるか……お父上は、さぞかし厳しい稽古をつけられたので、ござろうな」

「父はわたくしが道場に通い始めてからは、一度も稽古をつけてくれたことがありません。五、六歳のころに稽古の真似事を、父にやらされた覚えが少しあります。しかし父は、教え方がひどく下手《へた》でした。五つや六つの倅が、自分の思いどおりにならないと子供のように腹をたて、そのうちに父のほうがいやになってしまい、それきりやめてしまったのです」

「では、お父上は仕事を継げと、言われなかったのでござるか」

「倅は父の仕事を継ぐものだと、勝手に思いこんでいたようです。十六のとき、父の下僕として牢屋敷の首打ちに立ち会いました。そのあと、やれるか、と訊かれ、答えられませんでした。血を見るのが、いやだったのです。首打役と試し斬りを父に代わって務めたのは、十八のときです。自分にやれる、とわかりました。やるか、と自分に問いかけ、やると、自分で決めたのです」

血を見るのは、今もいやですが——と、龍玄は言い添えた。

すると原田は立ち止まり、龍玄へふりかえった。提灯をかざし、

「別所どのは、仕損《しそこ》なったことは、縮尻《しくじ》ったことは、ござらんのか」

と、語気を強めた。

「あります」

「そのとき、そのときはどうなさった。お父上はなんと言われた」

「おそらく父なら、そうか、縮尻ったか、とため息を吐くでしょう。わたくしは、縮尻りました、と答えるでしょう。父はもう亡くなっておりますので」

「務めを仕損なった責めはどう負われる。どのように償われるのだ」

「自分の不始末を受けとめ、許されるならばやりなおします。咎めを受けるのであれば、いたしかたなしと」

「口で言うのは簡単だな。重き務めに就いている者は、そうか、縮尻ったか、ではすまぬ。職の責めのみならず、家名の面目、一族の名誉がかかっておる。軽き

役目の方々とは、比べられぬ。負っておるものの重さが違う」

龍玄は黙って頷いた。

原田は、龍玄の様子を見つめた。そして、つまらぬことをつまらぬ相手に訊いてしまった、と言いたげな吐息をもらし、丸い背中を向けた。

龍玄と原田は、それから言葉を交わさなかった。

二人が蓮沼をすぎ、小豆沢《あずさわ》の村影を北側の田野に見て、ようやく志村に着いたとき、刻限はすでに明けの七ツに近くなっていた。

六

志村の村名主《むらなぬし》の内庭の広い土間に、原田と龍玄は通された。囲炉裏《いろり》のある板敷に、村名主と五人組の組頭が三人、それにひと組の老夫婦がいた。

黒々とした屋根裏に太い梁《はり》が渡され、囲炉裏に火は入っていないが、自在鉤《じざいかぎ》に黒い大きな鉄瓶がかけられていた。

蚊遣り火を焚いて煙をいぶらせた硫黄《いおう》の臭いが、たちこめていた。

原田と龍玄は、笠をとり、土間に立ったまま頭を垂れた。

囲炉裏の周りの六人は、何も言わずに原田と龍玄を冷やかに見つめていた。

「このたびは、倅隼の不届ききわまりないふる舞いにより、みなさま方に多大なるご迷惑をおかけいたし、まことに相すまぬことでござる。わが倅の不始末、心よりお詫びいたす」

原田は頭を垂れたままだった。龍玄も原田の後ろで、それにならった。原田は指先で、額の汗をぬぐった。

二人を土間に案内した下男が、茶碗を上がり端においたが、囲炉裏の周りの名主らは、原田にも龍玄にも「上がれ」とは言わなかった。

「勘定方組頭・大木《おおき》さまのお許らいと、お奉行さまのお許しをいただき……」

言いかけた原田を、村名主らしき白髪の老人が、「それまでに」と、止めた。

原田は顔を上げ、「は？」と、丸めた背中から首を突き出した。

「わたしは当村を預かります、名主の五左衛門《ござえもん》でございます」

「おお、名主どのでござるか。まことに、ごやっかいをおかけいたす。お奉行さまは、倅の犯した罪によって原田家に累がおよんでは、被害に遭われたお百姓方への償いにかえって支障をきたすとのお考えで……」

「原田さま、おやめください。大木さまよりの書状をいただき、こちらの村役人らと協議をいたし、勘定奉行さまも内々のご承知というのでござれば、やむを得ぬことと、了承いたしておるのでございます。ではございますが、このような裏でのとり計らい、お侍さまなら許され、われら百姓は許されますまいなと、思うばかりでございます」

「は、はい……」

原田は、五左衛門の少々棘《とげ》を含んだ言葉に、戸惑いつつ頷いた。

「この二人は、昨日、そちらの隼さんに斬られて命を落とした、良平《りょうへい》と女房のお民《たみ》の両親です。今日の昼間、村の延命寺《えんめいじ》で葬式をすませましたが、かくかくしかじかでと、原田さまがお見えになる事情を伝えますと、お上がそのようにお決めになったのなら仕方がないが、せめてこれの場は……」

と、五左衛門は腹を切る仕種をした。

「小百姓でも立ち会わせていただきますと、わたしどもとこうして、お待ちしておりました。百姓もお侍さまも、同じ人。見くびられては困ります」

「いや、見くびるなどと、とんでもないことでござる。決してそのようなつもりではござらん。ただただ、償いをするためにも原田家を残さねば」

「この老いた夫婦には、もう跡とりはおりません。若い娘がおりますが、跡とりの子を見ることは、ないのでございます」

老いた百姓夫婦は、五左衛門らと少し離れた板敷に畏まり、肩をすぼめてうな垂れていた。

はああ、と嘆きながら、原田は百姓夫婦に深々と礼を投げた。

「粗忽《そこつ》な倅が、何を誤解いたしたのか、笑われたと勘違いいたし、ささいな事柄に腹をたて、愚かな刃傷におよんだのでござる。それぐらいのことで、なぜそこまで腹をたてるのか、若気のいたりと、申さざるを得ません」

原田は目を真っ赤に潤《うる》ませ、百姓夫婦を見つめた。百姓夫婦もうな垂れ、顔を歪めていた。

「ただ倅は、あまりにも生真面目で、親の欲目《よくめ》でござるが、決して粗暴《そぼう》な人柄ではなかった。心根は人に優しい……」

「原田さま、お待ちを」

と、五左衛門がまた原田を遮った。三人の村役人らが顔を見合わせ、ひそひそと言い合っていた。素ぶりが不審げであった。

「原田さまは、何があったのか、事情を詳しくご存じないのでございますか」

「そ、存じております。倅が急用の遠出を命じられ、戸田の渡し場まできたところ、わずかの差で船に乗り遅れ、悔しがっていたのを、たまたま居合わせたそちらのご子息ご夫婦に笑われたと勘違いいたし」

「それは、だいぶ違っておりますな。原田さま、そうではございません」

「そうでは、ないのでござるか？」

村役人らが、知らねえのか、ひでえな、とあてこするように言った。

「渡し舟に乗り遅れたのは、そのとおりだども、良平と女房は渡し場にはいなかったんだよ」

と、村役人のひとりがぞんざいに言った。

「隼さんは、渡し舟に引きかえせと喚《わめ》き、そのうち船頭に戻ってきたら手打ちにいたす、覚悟しておれ、と罵《ののし》り始めました。そればかりか、いきなり刀を抜き、渡し場にいた人々を、奇声を発し刀をふりかざして、追い廻し始めたのでございます。幸い斬られた者はおりませんでしたが、渡し場は大騒ぎでございます。転んで怪我をした者や、川へ落ちた者も出る始末で」

「いきなり、でござるか」

「はい。いきなり、周りの誰彼《だれかれ》かまわずにでございます」

原田は口を、開けたり閉じたりした。

「渡し場にいた者が口を揃えて、隼さんはすっかり正気を失い、なだめられる状態ではなかったと申しておりました。牙をむいた狂った野犬みたいだった、錯乱《さくらん》して手がつけられなかったと、みなが……」

別の村役人が口を挟み、そのたびに原田はおどおどと顔を向けた。

「そこへ運悪く、良平と女房のお民が渡し場の堤道を通りかかったのでございます。騒ぎ声は聞こえていたでしょうが、二人は何が起こっているのか、事情を知らなかったようで。隼さんが堤道の良平とお民を見つけて、無礼者、手打ちにいたすと口走りながら襲いかかったのでございます。咄嗟のことで、二人は逃げきれなかった。お民が逃げ遅れ、まず、背中を袈裟懸に斬り落とされました」

「悲鳴が上がり、お民へふりかえった良平は、刀で串刺しにされたんだで。田んぼの中に蹴り倒されて、這って逃げるところを、あの男は、何度も何度も、突きたてたんだと。堪らねえよな。人のやることじゃねえよな」

「隼さんは、お民にも止《とど》めを刺したのでございます。止めを刺さなかったら、もしかしたらお民は命をとり留めていたかもしれません」

老夫婦が、傍らで悲痛な声を絞り出した。

「それから、渡し場の近くの雑木林の中で、枯木や枯草を集めて火打石《ひうちいし》で火を焚き、背中の荷物の書状を焼き捨てたのでございます。御用の書状箱も踏みくだいて一緒に燃やし、ひとりで喚き散らし、火の周りを右往左往しておりました。知らせを受けて村人とわたしらが駆けつけたのは、そのときでございます。隼さんはかえり血を浴び、物の怪のように血まみれでございました」

原田は丸い背中を小刻みに震わせ、立ってはいられなくなったかのように、がくり、と両膝を折った。土間に跪《ひざまず》いて、「すまぬ、すまぬ……」と小声でくりかえしたのだった。

武士が乱心によって民百姓を切り捨てた場合は、罪にならなかった。しかし、それには乱心の証拠がなければならなかった。殺された者の縁者より御免願いが出されたならば、「乱心で手を下した証拠がある上は……」となった。

だが、原田隼の一件はあまりにもむごたらしく、百姓らの怒りは収まらなかった。

断固、厳しき裁きを求める村役人よりの訴えが、勘定所へ直に出された子細を、五左衛門はつぶさに語った。そして、

「原田さまが推量なさっているほど、事は簡単ではございませんよ。ま、わたしら百姓は、お上のお指図に従うのみでございますが。書状と御用の書状箱の燃え

残りと灰は、御陣屋のお役人さまが出張りなさるまで、とっておくつもりで、そこにおいてございます」

と、土間の隅を指差した。土間のうす暗い隅に、灰と燃えかすになった白い紙きれや木片の小さな山が見えた。

「そうで、ござったか。そこまでとは、思いもよらず……」

原田は、力ないため息を吐いた。そして、やおら顔をもたげ、五左衛門へ言った。

「五左衛門どの、まことに申しづらいが、倅に会わせていただけぬか。腹を切る前に、ひと言、何ゆえそのようなふる舞いにおよんだのか、聞いておきたいのでござる。どうか、みなの衆……」

原田はうな垂れた。五左衛門が、原田の背後に佇む龍玄へ目を向けた。

「別所さまで、ございましたな。原田さまとは、どのようなご関係で？」

はい――と、龍玄は一礼した。

「介添役でございます。隼さまの介錯を務めさせていただきます」

五左衛門と村役人らが、不審そうに目配せを交わした。小柄で痩せた、童子のような顔つきをした龍玄が、そうだとは思わなかったのだろう。

しかし、五左衛門は先ほどの下男を呼び、二人を納屋《なや》に案内するようにと命じた。命じながら、五左衛門は龍玄から目を離さなかった。

母屋《おもや》裏の藁《わら》葺屋根の納屋の戸口には、村の若い男らが見張っていた。みな棒と松明《たいまつ》を手にしていた。松脂《まつやに》の焦げる臭いが漂っていた。

案内の下男が男らと小声で言葉を交わすと、ひとりが戸口の板戸を引いた。

暗い納屋に、戸口でかざす男たちの松明の明かりが射した。荒縄に縛《いまし》められた男が、納屋の土間に引き据えられていた。

原田は納屋に数歩進み入り、それ以上、男に近づくのをためらった。

「はやと。隼……」

と、二度倅の名を呼んだ。

頭をもたげた隼の顔は、かえり血で汚れたうえ、ひどい暴行を受けたらしく、醜《みにく》く歪んでいた。髷が乱れ、羽織の袖はちぎれ、裁《た》っ着《つ》け袴も破れていた。

「わたしだ。わかるか、隼。会いにきたぞ」

「ああ、父上、やっときてくれましたか。よかった。これで家に帰れる」

隼は、はれ上がって黒ずんだまぶたの間から涙目を父親に向け、童子のような声を上げた。原田は、その場にへたばるように坐りこんだ。

「父上、はは、早くこの縄を、解《と》いてください」

隼の声が甲走った。

「わが倅よ。それはできぬ。父には、おまえの縄を解いてやることはできぬ。おまえは、侍らしく、咎めを受けねばならぬ。おまえは、償わねばならぬのだ」

原田が、うす暗い中へ懸命な声を投げた。

「ええ？　何を言われるのです、父上。ふざけないでください。わたしがなんの咎めを受けねばならぬのですか。わたしはいつもどおり、父上の言いつけをきちんと守り、いい子にしていたではありませんか。勉強はちゃんとしましたし、剣術の稽古もいたしました。行儀よくご飯もいただきました。人の上にたてるように、礼儀正しく、身なりも清潔に保ち、粗暴なふる舞いはせず……」

粗暴な、粗暴な、と隼はそこで苦しそうに繰りかえした。戸口にかざされた松明の火が、原田の影を土間に落としていた。

「そうだ、父上。先日、上役の大木さまに、務めぶりを褒めていただきました。隼はよくやっている。誰よりも有能だと。一刻も早く組頭に昇任し、ゆくゆくは父上と同じ勘定吟味役に就かねばな、お奉行さまもご存じだぞ、と言っていただきました。お奉行さまがご存じだなんて、なんと名誉ではありませんか。これもみんな、父上の言いつけを守って、頑張ってきたお陰です」

原田は忍び泣きをもらした。絞り出した声が、笑っているように聞こえた。

「嬉しい。父上も喜んでくださっているのですね。ああ、よかった。わたしは父上に叱られるのではないかと、心配していたのですよ。大事な着物がこんなふうになってしまったのですから。頭の悪い百姓どもが、乱暴を働いたのです。百姓どもめ、大木さまに言って、罰してやります。ふん、いい気味だ」

隼は言いつつ、原田の後ろの龍玄を不安そうに見上げた。粗相《そそう》をして、叱られるのを怯《おび》えている子供の目をしていた。

「これからも父上の言いつけを守って務めに励み、上役の方々に好かれるようにし、わたしはもっともっと出世をいたします。父上に自慢の倅と思っていただけるように、必ず出世をし、父上を喜ばせて差し上げます。お約束します」

隼は、不安そうな目を龍玄から離さなかった。

「父上、早く帰りましょう。家に帰りたいのです。こんなとこは暗くて、臭いしいやだ。早く縄を解いてください。百姓なんて、大嫌いだ」

「黙れっ、隼」

原田が、低い怒声を発した。

「なぜ、なぜ、人を斬った。なんの罪もない人の命を、なぜ殺《あや》めた」

「何を言われるのです。人聞きの悪いことを言わないでください。わたしが誰を斬ったと言うのですか。わたしが人を斬るわけがないではありませんか。わたしは何があっても礼儀正しく、声を荒《あら》らげず、身分ある侍のわきまえを守ってきました。父上の言いつけにそむいたことはありません。それなのに、人の命を殺めただなんて、変なことを仰って。父上、今日は様子が変ですよ」

「き、気を確かに持て。隼、おまえは侍だろう」

と、原田は苦渋にまみれた声を絞り上げた。隼はなおも龍玄を見つめ続けている。

「父上、こ、この男は誰です。後ろに変な男が、さっきから立っています。とても気味が悪い。誰なんですか。だ、誰だ、おまえはっ」

「別所龍玄と申します。隼さまの介添役を務めさせていただきます」

龍玄は頭を垂れた。

「介添役？　何の介添だ」

「隼さまのご切腹の、介添役でございます」

隼が啞然とした。

「切腹だと。何を戯言を言っておる。なぜわたしが切腹しなければならぬ。無礼者。誰に向かって言うておる。おまえなど知らん。退《さ》がれ。目障《めざわ》りだ」

「あなたは、腹を切って詫びなければなりません。これは、上役の大木さまも御勘定奉行さまも、お父上もお母上もご承知です。侍らしい最期の、介添役を相務めます」

「黙れっ。黙れ、黙れ、黙れ……わたしは腹など切らん。腹を切らねばならぬ謂《いわ》れはない。わたしにはこれまで、一度たりとも落ち度はない。粗相もない。嘘だと思うなら、大木さまにうかがってみよ。大木さまに……」

すると、忍び泣きをもらしていた原田が突然身を起こし、膝立ちのまま隼の前へ進んだ。

「侍らしく、潔くせぬか」

と、ひと声叫び、隼の顔面に拳を見舞った。

隼は横転し、原田を見上げた。

一瞬の間をおき、隼はやっと何かに気づいたかのように悲鳴を発した。そうして、納屋の暗がりをきりきりと引き裂く絶叫を、響きわたらせたのだった。

「お許しを、父上。お許しを……」

戸口の松明の火に囲まれ、老村名主の五左衛門が、その様子を見守っていた。

# 七

明けの七ツ半（五時頃）をすぎ、やがて六ツの近づく白《しら》みが、野面《のづら》を覆った。

さっきまで朝靄がたちこめていたが、それも切れて、小さな沼が藪《やぶ》の向こうに見えた。

そこは志村の集落からはずれた、木々と藪に囲われた狭い空き地だった。

天空に輝いていた星は消えていた。朝露が、空き地に集まった人々をしっとりと包んでいた。空き地の木々の向こうの田野に人影は見えず、幾重《いくえ》にも田んぼが折り重なって、荒川堤《つつみ》のほうへ続いていた。

霧が切れてから、みんみん蟬がいっせいに鳴き始めていた。

そのみんみん蟬の鳴き声にまじって、隼のすすり泣きがさっきまで聞こえていたが、そのうちに、穏やかな空虚《くうきょ》が、もの寂しい諦念《ていねん》が、夜明けの白みと共に人々の心にそこはかとなく流れた。

隼のすすり泣きは消え、今はもう声を発する者はいなかった。

空き地には大きな椎《しい》の木があって、隼はその木の下に西の沼のほうを向いて、五左衛門の温情で敷かれた筵《むしろ》ござに着座していた。

隼の縄はすでにとかれ、両膝にだらりと汚れた手を載せていた。

暴行を受けて青黒くはれ上がった顔は、黒ずんだかえり血と涙で汚れ、見る影もなく、立ち会った者たちのすべての心に、憐れみをすら感じさせていた。

原田は隼の正面に、五間ほどの間をおいて佇立《ちょりつ》していた。倅の最期を目に焼きつけようとしているかのごとくに、じっと隼を見つめていた。

原田の後ろに、村名主の五左衛門と三人の村役人、斬られた百姓夫婦の老いた両親、そして、松明をかざしてここまで隼をともなってきた村の若い衆らが、五左衛門を囲むように並んでいた。松明はすでに消されている。

龍玄は、黒の単衣に襷をかけ、袴の股立ちを高くとって、隼の左背後に立っていた。腰には父より譲り受けた、刃渡り二尺五寸、反り七分の堂々たる同田貫の一刀を帯びている。

村人たちは、固唾《かたず》を呑んでそれが始まるのを待っていた。

六ツには間があった。だが、空はますます白みを増し、空き地に集まった人々の顔が見分けられるほど、明るくなっていた。

みんみん蟬の鳴き声が、ひときわ高くなった。

龍玄と原田が顔を見合わせ、原田がゆっくり、わかるほどに頷いた。

五左衛門の下男が、水を汲んだ桶と白紙を敷き、鞘から抜いた脇差を載せた三方を捧げ、恭《うやうや》しく現われた。

下男は龍玄の後方に水桶をおいた。それから三方を隼の前におくと、ここでいいだか、と訊ねるように龍玄を見上げた。

龍玄が頷き、下男は隼に一礼した。身体を縮めて龍玄の傍らへ退《しりぞ》いた。

それを機に、龍玄は隼の後方へ廻り、そっと同田貫を抜いた。右にかざすと、同田貫は鉛色の光沢を放ち、龍玄の身体に比べてずっと大きく見えた。

百姓らの小さなどよめきが流れた。

隼の身体が、細かく震えていた。だがそれは、事をつつがなく行うために、心を張りつめさせている所為《せい》と思われた。龍玄は足を止めた。そして、

「隼どの、ご安心を。士分でござる……」

と、背後からささやいた。隼が頷いた。やっと正気に戻り、隼はもうとり乱してはいなかった。正面に立つ父親へ、悲しげで無邪気な顔を向けた。

原田は固まり、身動きひとつしなかった。

「父上、わたくしをお許しください。よき倅でいたかった」

と、隼が空き地に若い声を張り上げた。すると原田は、それ以上に張りのある声を絞り出した。

「未練《みれん》ぞ、隼。切腹は侍の誉《ほま》れ。ここにいたって、侍の誉れを未練で汚すな」

「は、はい。隼は父上のお言いつけを守り、お先に、お先にまいります」

隼は必死にかえした。そして、目をぎゅっと閉じ、歯を食い縛った。

みなが、父と子の最後のやりとりに胸をつまらせた。

「隼どの、脇差をとられよ」

龍玄が再びささやいた。

隼の震える手が、三方へのびた。原田はまばたきもせず、隼の動きを凝視している。みんみん蟬が鳴いている。

みんみん蟬の鳴き声にまじり、百姓らの中の誰かが経を唱え始めた。

するとそのとき、龍玄が右にかざした同田貫をゆっくりと下段へ下ろした。わずかに両膝を折り、刀を膝下に止めた。

傍らに片膝をついていた下男が、ふ、と龍玄を見上げた。

隼の震える手が、三方へのびてゆく。

見守る五左衛門は、隼が脇差をとり、白紙を巻き、着物をくつろげて突きたてるのを、介錯人は待っているのだと思った。隼が存分に切り廻したあと、介錯をする。次に介錯人の大きな刀が上段へ持ち上がるのが、そのときだと。

一方の原田は、今だ、と思った。もうよい。十分だ。倅のために早くすませてやってくれ、と願った。

にもかかわらず、龍玄の刀は動かなかった。

ゆっくりと三方へ差しのべる隼の手が、震えている。あたかもそれは、龍玄の介錯を待って、ゆっくりと差しのべられているかのようにすら見えた。

すると、みんみん蟬の中に、かなかなかな……と、蜩の鳴き声がまじった。

かなかなかな……

原田は堪えきれなかった。倅の苦しみを、これ以上見るのは忍びなかった。

震える声で龍玄を促した。

「別所どの。何をしておる。これまでてござる。お願いいたす」

それは父親の悲痛な叫びに聞こえた。

百姓らがいっせいに龍玄へ向いた。

しかし、龍玄は刀を下げたかまえを変えず、原田へ穏やかに頷きかえしたのみであった。そして、かまえをときつつ、わずかに沈めた身体を持ち上げた。

原田と百姓らが、不審を露わに再び隼へ向いた。

隼の身体は幾ぶん三方にかしいで、のばした手が脇差に触れかかっていた。

ただ、隼の手の震えは止まっていた。

傍らの下男が、龍玄がかまえをといて垂らした刀へ、目を移した。その切先より、ひと雫の血のしたたりを見て声を失った。

そのとき、隼の身体がかしいだ形から、静かに俯せていった。刀のうなり、わずかな人の声、かすかな吐息すら聞こえなかった。

隼の首は、喉の皮一枚を残して打たれていた。

血が噴き、筵ござに広がっていたが、それは決して惨《むご》たらしくはなかった。むしろ、隼は広がる血の中で安らかな顔つきをしていた。

いっとき、狐にとり憑《つ》かれたかのごとくに錯乱したこの若い侍が、静かな最期を迎えたことが、下男にわかった。

この若い侍は、お役目を縮尻った挙句、おのれを見失ってとんでもない罪を犯した。けれどもこれならば、侍らしいせめてもの償いになったのではないか、という気がした。

それにしても、別所龍玄とかいう侍がやった介錯は、人のなせる手並みとは思えなかった。同じ人の技とは思えなかった。

下男は静かに佇んでいる介錯人を、仰《あお》ぎ見た。介錯人の頭上に椎の木が枝葉をのばし、木々の間から白みゆく空が見えた。

みんみん蟬の声が、介錯人に天から降りそそいでいた。

下男は侍の作法を知らなかったものの、介錯人のために何かをしたいと強く願った。跪いた格好で言った。

「お刀を、洗いますだで」

介錯人は、童子のように少し気恥ずかしげに赤らめた顔を、下男へ向けた。そして、血の雫の垂れる刀身を黙って差し出した。下男は桶の水を柄杓で汲み、下げられた刀に水をそそいだ。

そのとき、原田は堪えきれずに両膝を落とし、うめき声をもらした。

かなかなかな……

みんみん蟬の鳴き騒ぐ中に、蜩の声と原田の嗚咽《おえつ》が物悲しげに聞こえた。

# 八

　三日がたった昼下がり、龍玄は箱崎町の入り堀に沿って船宿が瓦葺屋根を並べる土手通りを、永久橋《えいきゅうばし》のほうへとっていた。通りの先に永久橋が見え、橋の袂に稲荷の鳥居《とりい》と幟《のぼり》が見えた。

　通りの右手は田安家《たやすけ》下屋敷の土塀がつらなり、右手の入り堀が永久橋をくぐって大川《おおかわ》へそそぐあたりは、三俣と呼ばれる浮洲《うきす》になっている。三俣には中洲《なかす》の歓楽地があった。だが、寛政の御改革でとり潰しになった。

　陽射しは白い雲に隠れていたが、蒸し暑い昼下がりだった。

　永久橋のすぐ下に、粗末な板組みの掩蓋《えんがい》のある茶舟《ちゃぶね》が、堤端の杭《くい》につながれていた。掩蓋の入り口には筵が垂らされ、筵の隙間から中の暗がりがのぞいていた。茶舟の艫《とも》に網代《あじろ》の破《や》れ笠をかぶった男が坐っていて、水辺に棹を突いて煙管《キセル》を吹かしていた。

　龍玄は永久橋の袂まできて、艫の男を見おろした。男が龍玄に気づき、「あ?」とふり向いた。龍玄は菅笠の下から言った。

「この船に、お峰という女はいるか」

艫の男は龍玄へ、懈怠《けだる》そうに笑いかけた。

「お峰？　そんな女が、いたかな」

と、じゃれるように言った。すると、掩蓋の中から白い手が差し出され、筵を少しのけるように開けたのが見えた。掩蓋の中は暗く、姿は見えなかった。手だけが筵をのけた格好で、そこに止まっていた。

「お侍さん、お峰かどうかは知らねえが、女はおりやすぜ。こっちは商売だ。女に用があるなら、遊び代を払ってくだせえな。三俣をぐるっとひと廻りする間が三十二文だ。お侍さん、初めてだし、年も若そうだから、三十文にまけておきやすぜ。どうです？　ひと遊び」

「お峰はいるのか」

男は、ふん、と鼻を鳴らした。指先で煙管をくるくると廻した。

筵をのけた手が動かなかった。

「だとよ。どうする」

男が筵の手へにたりと顔を向けた。

「龍ちゃん？」

と、手が訝しむように、土手の龍玄に訊きかえした。龍玄は、掩蓋の暗がりにぼんやりと浮かぶ人影を見つめた。

「お峰ちゃんか。そうだ。妻恋町に住んでいた別所……」

「龍ちゃん」

女の声が龍玄の名を繰りかえした。

筵がのけられ、昼下がりの明るさが掩蓋の中の女をくるんだ。

乱れてくずれかけた島田に、笄《こうがい》が一本挿してあった。赤や桃色の花柄模様の着物は派手だが、袖はすりきれ、そのうえひどく垢染《あかじ》みてみすぼらしかった。真っ白に塗りたくった白粉《おしろい》に、口紅が目だった。

それでも目鼻だちに、子供のころの面影があった。

本郷の通りで見かけた、お峰の赤い唇が甦った。

湯島天神境内の童女たちにまじっていたお峰の姿が、思い出された。

「お峰ちゃん、懐かしいな」

龍玄は菅笠の縁《ふち》を持ち上げ、顔を見せた。少し頰笑むと、明るみにくるまれたお峰は反対に、悲しそうな顔をした。

白粉顔に涙の筋が、ひと筋、ふた筋、と伝った。

「お侍さん、遊ぶか遊ばねえか、どっちか決めてくだせえよ。つもる話があるんでござんしょ」

男が煙管を帯に差しつつ、笑った。

「わかった。三十二文だな。遊ばせてくれ」

龍玄が財布を出し、男は「おありがとうござい」と愉快そうに言った。

船が大川へ出て、三俣の浮洲を漕《こ》ぎ廻り始めた。

掩蓋の出入り口に下げた筵の隙間から、艫で棹を突く男の姿が、ちらちらと見えた。

浮洲の蘆荻《ろてき》の間で水鳥が鳴いていた。大川沿いの田安邸の樹林で、蟬の鳴き騒ぐ中に、鯛の鳴き声がまじっていた。

龍玄は茶舟のさなかに敷いた筵ござに端座し、お峰と向き合った。

お峰は涙で白粉がはげた顔を、汚れた手拭で覆っていた。しくしく、と泣き声をもらしていた。

掩蓋の片隅に、ひびの入った七輪に煤《すす》けた鍋、やかんや欠けた茶碗や箸《はし》が、乱雑に並べてあった。

ひとしきり泣いたあと、お峰は大きなため息をつき、泣きはらした顔を龍玄に向けた。そして、照れ臭そうに笑った。笑うと鉄漿《おはぐろ》が見えた。

「龍ちゃん、立派になりましたね」

「父の跡を継いで、牢屋敷のお役目をいただいている。知っていたかい」

お峰は頷いた。そして、

「風の噂で、首打役の別所龍玄という名を……龍ちゃんだと、思いました」

と、呟いた。

「勝吉のおじさんはお変わり、ござんせんか」

「卒中で倒れ、亡くなった。もう二年半前」

「そうなんですか。愉快な、優しいおじさんでした。お亡くなりに……」

と、お峰は膝の上でくしゃくしゃの手拭を丸めた。

「ここはどうして、お知りなすったんです？」

「先だって、お鉦おばさんがうちにきて、母と話していたのを聞いたのだ。お峰ちゃんが箱崎町にいると、おばさんは知っている」

お峰は、ごくり、と喉を鳴らした。

「おっ母《か》さんの様子は、どんな具合でしたかね」

「気になるのか。元気だった。気になるなら、なぜ会いに行かない」

紅のはげた唇を尖らせたばかりで、お峰は答えなかった。

「三年前、久蔵《きゅうぞう》さんが亡くなったのは知っているのだろう」

お峰はまた頷いた。

「おばさんはひとりぼっちだ。小僧さんをひとり使って、久蔵さんの残したお店を一所懸命に守っている。だが、ひとり暮らしで心細い思いをしている。娘のお峰ちゃんがそばにいるとさぞかし心強いだろうにな。妻恋町の店に、おっ母さんのところに、帰るつもりはないのか」

「今さら、どの面《つら》下げて帰れますか。お父《と》っつあんの葬式にさえ出なかった親不孝者なんですよ……あたしみたいなうす汚れた女が、今ごろのこのこ帰ったら、おっ母さんを困らせるだけですから」

「うす汚れた人などいない。わたしは牢屋敷の不浄な首斬人と呼ばれている。言いたい者には言わせておけばいい。誰もお峰ちゃんの代わりはできない。お鉦おばさんは、お峰ちゃんのことを七年の間、忘れたことはないと言っていた。本当は、お峰ちゃんに会いたくてしょうがないのだ。けれど、お峰ちゃんが恐くて、会いにこられないのだ。お峰ちゃんが、顔を見せに行ってやったらどうだ」

お峰はまた、くしゃくしゃの手拭で顔をぬぐった。そして、

「おっ母さん、ごめんね。でもあたしはもう帰れないよ」

と、手拭の下でくぐもった泣き声を絞った。

お峰のつらい気持ちが伝わった。しかし、お峰のすごした七年を知らない龍玄に、慰《なぐさ》める言葉はなかった。

船はゆるやかに三俣を廻り、波が船縁《ふなべり》をひそひそと叩いた。

お峰が、しばらくして言った。

「龍ちゃんは、おかみさんをお迎えになったんで、ござんすか」

「二年前、妻をもらった。去年、子が生まれた。女の子だ」

「それはようござんした。静江おばさんも、お喜びでしょうね。どちらのお嬢さまを、お迎えになったんでござんすか」

「神田明神下の、百合を覚えているか。お峰ちゃんより、ひとつ上の……」

と言いかけた言葉に、お峰の声がかぶさった。

「あのお旗本の、丸山家の？　百合姉さんを？」

「そうだ。百合と夫婦《めおと》になった」

「まあ、龍ちゃん。あたし今、驚いて胸がどきどきしています。龍ちゃんは小っちゃいときから、どこかほかの子と違っていました。百合姉さんをおかみさんにお迎えになるなんて、とても立派です。凄いじゃありませんか。そうでございましたか。百合姉さんと龍ちゃんが夫婦に。百合姉さんのことが思い出されます。湯島天神で遊んだ子供のころが懐かしい……」

お峰は自分を抱きしめるように、両肩を抱いた。

「百合姉さんはね。綺麗で、優しくて、賢くて、家柄もよくて。百合姉さんはお旗本のお嬢さまなのに、お武家の子もわたしら町家の子とも、わけへだてなく遊んでくれたんです。あたしら女の子は、みんな百合姉さんを慕《した》っていたんですよ」

化粧のはげた顔を、掩蓋のうす暗がりに遊ばせた。

「あのころのことを思い出すとつらくなりますよ。でも、あたし、なんだかとても嬉しい。綺麗な百合姉さんと、小っちゃかった龍ちゃんの姿が目に浮かんできて、とても清々しい気持ちです」

それからうっとりと目を閉じ、また頬に涙を伝わらせた。

「ああ、あのころに帰りたい。みんなに会いたい。お父っつあんとおっ母さんに会いたい。お父っつあん、おっ母さん、堪忍《かんにん》して。許してちょうだい。お父っつあんとおっ母さんの言いつけを守っていれば、こんなことになっていなかった」

片手を莚ござに突いて、瘦せた肩へ頬を載せるように顔をそむけた。

「龍ちゃん、馬鹿なあたしはね、お父っつあんとおっ母さんに、それはやっちゃあいけない、これはやっちゃあだめ、ああしなさい、こうしなさい、と口うるさく言われるのがいやで、お父っつあんもおっ母さんも大嫌いって思っていたんです。八百屋なんて商売も、本当につまらなくて、こんなお店は誰が継いでやるもんかって。そしたら、そのとおりになって、今じゃこの様《ざま》ですよ」

今になって親の情が身に染みて、お峰にはそれがやりきれないふうだった。

堪らなく、情けなく、せつなくて、お峰はじっと打ちしおれていた。

龍玄は、本郷の往来で見かけた、お峰の笑い顔を思い出した。お峰の唇の真っ赤な紅が、男とじゃれ合って笑っていた。

あのとき龍玄は、見てはいけないお峰を見てしまった気がした。それから、子供のころのお峰はいなくなった。すべての子供たちが、そうして順々にいなくなって、大人になっていくようにだ。

ほどなく船は、永久橋の袂へ戻った。艫で棹を使っていた男が、莚の外から言った。

「お侍さん。ひと廻り、終りやした。どうしやす？　もうひと廻り、いたしやすか」

船縁が岸辺にぶつかり、ごと、と鳴った。

「お峰ちゃん、家《うち》へ、帰りなよ」

龍玄は、妻恋町の親しかった八百屋のお峰に言った。

お峰はこたえず、そむけた横顔のまぶたをしばたたかせた。まぶたをしばたたかせた目から、大粒の涙を、ぽとり、ぽとり、と莚に落とした。

お峰はもう、涙をぬぐおうともしなかった。

「お侍さん……」

艫の男が、莚の隙間から顔をのぞかせた。だが男は、掩蓋の中の龍玄とお峰の様子を見て、うん？　と首をかしげた。

大川沿いの田安邸のほうで、蟬が鳴き騒いでいる。

かなかなかな……

と、蜩の澄んだ鳴き声が、その中にまじっていた。

# 雨垂れ

## 一

引違いの木戸が引かれ、二人の纏《まと》った紙合羽《かみがっぱ》の渋茶《しぶちゃ》色が初めに見えた。

二人が雨に煙る瓦葺の木戸門をくぐり、木犀《もくせい》とつつじの灌木《かんぼく》の間に敷いた踏み石を歩んでくるとき、から傘と紙合羽が雨に打たれ、ばらばら、と音をたてた。

夏の終りが近づいて、うだるような暑い日が続いた。だが、六月晦日《みそか》のその日は朝から雨になった。

雨は、庭のなつめやもみじや松、梅などの木々と、中庭と前庭を隔《へだ》てる垣根《かきね》代わりに植えた灌木を騒がせ、母屋の屋根瓦に淡い飛沫《しぶき》を上げ、そして、玄関の軒《のき》庇《びさし》から寂しげな雨垂れを絶え間なく落としていた。

龍玄と妻の百合は茶の間の炉を挟み、この秋、御徒町の伯父の家で開かれる祝い事に遣う品の相談をしていた。

御徒町の伯父は、母親静江の兄であり、小禄《しょうろく》の御家人の家を継いでいる。

伯父は、龍玄が神田明神下の旗本丸山織之助の長女の百合を嫁にもらい受ける際、龍玄の眷族《けんぞく》として丸山家に身分違いにも申し入れに出かけた。

元勘定吟味役の丸山織之助は、そのときすでに倅に家督を譲り隠居の身であった。それでも織之助の威厳《いげん》の前で「一度も顔を上げられなかった」と、のちに伯父は笑い話のように龍玄に語った気さくな人柄だった。

龍玄と百合の、中立《なかだち》をしてくれた恩人である。伯父の家の祝儀《しゅうぎ》なのだから、おろそかにはできなかった。

龍玄と百合の間に、赤ん坊の杏子が《お坐り》をしている。去年の秋の終りに生まれた杏子は、近ごろ、ゆっくりと這うことができるようになっている。

百合が龍玄との相談事を中断し、杏子に頬笑みかけて「おいで」と、両掌《りょうて》を膝の前へ差し出した。杏子はゆっくりと真綿のような身体をかしげ、そろ、そろ、と母の膝へ這って行く。

杏子がやわらかい声を上げると、「はあい?」と、百合は杏子に笑みを絶やさず訊きかえす。杏子がまた何か言い、百合はずっと笑いかけている。

そんな母と子へささやきかけるように、夏の雨がさわさわと降っていた。

母親の静江は、自身の居室と寝間をかねた元は茶室に造作《ぞうさく》された六畳間で、算盤を使い帳簿をつけている。

静江は、御徒町から湯島、本郷、小石川、牛込あたりの御家人を客にして、少しばかりの融通というほどであったが、金貸しを営んでいた。金利は、年利一割三分の、御蔵前の札差と同じ三季切米縛りである。

下女のお玉が、静江の帳簿づけを手伝って、数を読み上げていた。静江とお玉の交わす声が、茶室のほうからとき折り流れてきた。

お玉は今戸町の瓦職の、十六歳の娘である。日に焼けた顔に団子鼻の器量はよくなかった。だが、静江がそんなお玉を気に入っている。

「人は見た目ではありません。心が明るく素直なのがいいのです」

お玉の遠慮のない笑い声が聞こえ、静江が「これこれ、大きな声で笑ってはいけません。はしたないですよ」と、たしなめている。

杏子が百合の膝へ、小さく白い果実のような手をおいた。

そのとき、表門の木戸を引く鈍い音がしたのである。

「あら……」

百合がそちらへ顔を向けた。

茶の間から土間におりて、中の口がある。その中の口の少し開けた腰高障子戸の隙間ごしに、表の木戸門が見えていた。

「あなた、お客さまです」

百合が中の口へ顔を向けたまま、杏子を抱き上げた。

龍玄は、無縁坂を小路に折れて、講安寺門前にかまえた龍玄の住居《すまい》のほうへ、雨の中を歩む人の気配にだいぶ前から気づいてはいた。

足どりから、二人が侍であることもわかっていた。

引違いの木戸が引かれ、二人のつけた紙合羽の渋茶色が、瓦葺の木戸門をくぐるのをまず初めに認めたとき、龍玄は妻と子と自分自身の静寂を、かすかに破られた気がした。

ばらばら、とから傘と紙合羽が雨に打たれていた。

「わたしが出る」

龍玄は百合を制し、茶の間と隣り合わせた取次の間に出た。

から傘を差した二人の侍は、玄関式台上の、戸を両開きにした取次の間に現われた龍玄を認め、踏み石の途中で歩みを止めた。

龍玄は、前庭へ向いて端座した。

龍玄と二人の侍の間に、雨垂れが軒庇からしたたっている。

「お義母《かあ》さま、お客さまです」

百合が茶室へ行き、ささやき声で言った。静江とお玉のいる茶室は、客座敷の襖ひとつを隔てた隣にある。

「おや、この雨の中をお客さまかい。じゃ、お玉、またあとでね」

「はい。大奥さま」

静江とお玉が、ひそひそと交わした。

女たちの畳をすべらせる足音が消え、やがて寂しげな雨の音だけに包まれた。

訪ねてきた二人の侍は、どちらも若かった。

「どうぞお入りください。ご用件をおうかがいいたします」

龍玄は、雨の中の侍へ声をかけた。

束の間、二人はためらった。それから目配せを交わして頷き合い、玄関先の軒庇の下に入った。から傘をすぼめ、龍玄に粛然と辞宜を寄こした。

「突然おうかがいいたしました無礼を、お許しください。こちらは、別所龍玄どのお住居でございましょうか」

片方のやや年かさの侍が、物静かな語調で言った。

「わたくしが、別所龍玄でございます」

「これは……」

年かさの侍が黙礼を寄こした。

ほんの一瞬、片方の顔つきにかすかな不審が浮かんだ。

着座はしていても、龍玄のほっそりと優しげな身体つきに童子の面影を残した風貌を、侍は意外に思ったのだろう。仕事柄、そういうふうに思われることに慣れている。龍玄は気に留めず、二人へ穏やかな笑みを投げた。

「わたくしは、摂津高槻領永井家に仕えております別所重蔵《じゅうぞう》と申します」

「同じく永井家に仕えます、沢口孝之《さわぐちたかゆき》でございます」

年かさの侍に続いて、もうひとりが名乗った。

「はい」

龍玄は穏やかに頰笑んだが、《摂津高槻領の別所？》と、二人へ向けた顔つきを小さく改めていた。

龍玄が五歳のとき、卒中で倒れて亡くなった爺さまの別所弥五郎は、《摂津高槻領の別所一門》と称していた。

そのため龍玄は、束の間、《摂津高槻領》と名乗った別所重蔵が、爺さまの言っていた別所一門の者のごとくに思ったのである。すると、

「わたくしは永井家上屋敷に勤番いたし、徒士組小頭《かちぐみこがしら》を務めております。この者は同じく徒士組にて、わたくしの叔父沢口享右衛門《きょうえもん》の倅であり、わが従弟《いとこ》でございます」

と、別所重蔵は隣の沢口孝之へ一瞥《いちべつ》を投げ、すぐに向きなおった。

孝之が目礼《もくれい》し、龍玄は頷いた。重蔵は、ごく、と喉を震わせて続けた。

「わたくしどもは、別所龍玄どのが江戸牢屋敷にて首打役の手代わりをお務めになられ、のみならず、切腹場の介添役をも請けておられるとうかがい、本日、別所どののお力添えをお頼みするためお訪ねいたしました」

二人は紙合羽を鳴らし、そろって頭を垂れた。

龍玄は、普段の自分に戻った。そして、

「お聞きおよびのとおり、わたくしは牢屋敷にて首打役の手代わり、刀剣の利鈍を鑑定する試し斬り、ときに、お家の事情で屠腹せねばならぬ方々の介添役を務めさせていただいております」

と、淡々《たんたん》とこたえた。

茶の間から杏子のむずかる声が聞こえ、百合が小声になってあやしている。重蔵と孝之が「うん？」という表情を交わした。

「赤子がおり、お騒がせいたします。お許しを。どうぞ、お上がりください。お頼みの子細をおうかがいいたします」

「早速のお聞き届け、ありがとうございます。では……」

重蔵と孝之は、から傘を玄関わきへたてかけた。紙合羽を脱いだとき、それぞれのつけている羽織の紋所《もんどころ》に、龍玄は見覚えがなかった。

龍玄はお玉を呼び、客の傘と紙合羽を「お預かりしなさい」と命じた。

お玉が中の口から玄関へ廻り、傘と合羽を預かった。それから、二人を茶の間とは反対側の客座敷へ導き入れた。

客座敷は八畳間で、北側に床の間と棚を設《しつら》えた床わき、西側が引違いの間仕《まじ》切《きり》を隔て、母親静江の寝間と仕事用に使う六畳の茶室である。座敷の東側は、板《いた》縁《えん》から土縁へ下り、土縁の先の中庭に出ることができる。

重蔵と孝之を、床の間側の上座に坐らせた。二人は刀を右わきへ少々音をたてておき、龍玄は笑みを見せて対座した。

板縁を仕切る明障子と土縁の板戸が開け放たれ、蕭々《しょうしょう》と降る薄墨色の雨に塗りこめられた中庭が見わたせた。

湯島妻恋町の裏店より無縁坂のこの住居に越してきたとき、父親の勝吉が武家屋敷らしく調《ととの》えるために、梅やなつめ、もみじ、松などを植えさせた。

塀ぎわのそれらの木々が、雨に打たれて息をひそめていた。

お玉が茶の碗を運んできた。重蔵と孝之は碗をとり、ひと口含んでから、

「趣《おもむき》のある、よきお住居でございますね。われらは殿さまのお供をしてこの春に出府して以来、無粋な長屋住まいゆえ、こちらのような風情あるお暮らしとは、無縁の日々です」

と、重蔵が庭のほうへ目を遊ばせて言った。

「手狭く古い店に、分相応に暮らしているだけです。趣など……」

龍玄は穏やかに受け流し、雨垂れの音に耳を傾けた。

重蔵は碗を膝の前に戻した。それから、龍玄との間の空虚へ好奇をにじませた眼差しを投げた。

「つかぬことを、おうかがいしたいのですが」

「どうぞ」

龍玄は、雨垂れの音を聞いている。

「別所どのの先々代、別所どののご祖父にあたられる方は、名を弥五郎と申されるのではありませんか」

「はい。わが祖父は、別所弥五郎と申します。わたくしが五歳の折りに、亡くなっております」

「別所弥五郎どのの生国《しょうごく》は、摂津高槻。弥五郎どのの先代は、その昔、摂津高槻領永井家にお仕えだったことを、お聞きおよびでは」

龍玄は、戸惑いつつも首肯《しゅこう》した。

「祖父弥五郎が、父親、すなわちわが曾祖父《そうそふ》について、高槻領永井家に仕え、曾祖父亡きあと、自分はゆえあってお家を離れ浪々《ろうろう》の身になった、と申しておりましたことは覚えております。ですが、幼きころゆえ、曾祖父の名すら今は思い出せません」

「やはり、そうか……」

重蔵と孝之が顔を見合わせ、互いに頷き合った。孝之が、上体をわずかに乗り出して言った。

「別所どの。別所どのとわれらは、摂津高槻領の同じ別所一門でござる。われらは共に、由緒ある別所一門につながる者なのです」

孝之の声は、少しはずんでいた。

「なるほど、さようでしたか」

と、龍玄は言うしかなかった。

重蔵の好奇をにじませた目と、龍玄の目が合った。

「別所どのの曾祖父は、われらの曾祖父とは兄弟にあたり、名は別所修五郎《しゅうごろう》。われらの曾祖父は修五郎の弟・別所慶司《けいじ》と申します」

重蔵は言った。

修五郎――と、龍玄は頭を垂れ、呟いた。

死の床に横たわった弥五郎の相貌が、龍玄の脳裡にぼうっと甦《よみがえ》った。ぼうっとではあっても、確かに覚えている。三年前、爺さまと同じく卒中で倒れ亡くなった父親の勝吉は、まだ子供だった龍玄に、

「おまえは介錯人として、別所一門の名を継がねばならぬぞ」

と、別所家が由緒あり気な武門であるかのごとくに言った。

しかし、爺さまは曾爺《ひいじい》さまのことを、永井家に仕えていた別所某という以外、いっさい話さなかった。

曾爺さまの役目や高槻領にいるらしい縁者、主家を離れた事情を、龍玄は父親の勝吉からも母親の静江からも、聞かされた覚えがない。

おそらく、勝吉も静江も爺さまから何も聞かされていないのだろう。

龍玄が五歳だったころ、臨終の床についた爺さまが、うわ言《ごと》で父親と思われる相手と、米の実りや収穫の様子を語り合っていた。聞き慣れぬ上方訛《かみがたなまり》のくねくねとした調子がおかしかった記憶が、今なおおぼろげに残っている。

物心がついてから、爺さまは別所家という武門の生まれではなく、上方のどこかの百姓だったのではないか、と龍玄は考えるようになった。

爺さまの言った別所一門を、嘘だと、断じたことはなかった。しかし、まことだと、信じたこともなかった。

では、祖父弥五郎の臨終の床の、上方訛のうわ言の相手は、曾祖父の修五郎だったのか――と、龍玄は雨垂れの音を聞きながら、爺さまは百姓ではなかったのだな、と思った。

「われらが祖父は六三郎《ろくさぶろう》。弥五郎どのとひとつ下の従弟になります。わが父は六三郎の倅千代之助《ちよのすけ》。孝之の父は千代之助の弟享右衛門でござる。享右衛門は、婿養子として沢口家に入り、沢口家の家督を継いでおります」

重蔵が言い、孝之が語調を強めて言い添えた。

「ですが、われらが別所一門であることに、変わりはありません。われらも、龍玄どのも……」

龍玄は《別所一門》という言葉に、唐突《とうとつ》な思いをぬぐえなかった。

父親勝吉は別所一門の幻影《げんえい》を信じた。あるいは信じるふりをした。だが、重蔵と孝之は、別所一門のまことしやかな権威と由緒を、信じるのではなく、自明の定めとして受け入れている。

重蔵と孝之の体現する《別所一門》は、おのれはひとり今、ここにこうしてある、それだけだ、と思う別所龍玄のそれとは、相容《あいい》れぬものであった。

龍玄は、戸惑いを抑え、努めて冷静に言った。

「ご依頼の用件を、おうかがいいたします」

重蔵と孝之は、一瞬、昂揚《こうよう》に水を差されたような短い沈黙をおいた。二人の目の色に、重たげな暗みが差した。

茶の間の杏子のむずかりは、やんでいた。お玉の、勝手の土間に鳴らす下駄の音がした。孝之が龍玄を、じっと見つめた。

「別所どのに、ある者の切腹の介錯を、お頼みいたしたい」

と、重蔵がゆっくりと切り出した。

## 二

介錯、と言った響きに、雨垂れの音がからんでいた。龍玄は、孝之と眼差しを交わした。

「切腹場の介添役を、お引き受けすることはできます」

重蔵へ目を移し、龍玄は言った。

「ですが、介添役は生業ではありません。大名家のご家中の屠腹の場合、本来ならば介添役は、江戸屋敷の練達の士が務められるはずです。永井家にもきっと、おられます。そういう方々に、お頼みになるのが筋ではありませんか」

「屠腹する者は、永井家の士ではないのです。しかしながら、わが別所家につらなる者であり、その者の切腹は主家の永井家とかかわりなく、別所一門にて執《と》り行い面目を施さねばならないのです。でき得れば、別所一門の者のみにて。よって、この江戸におられるわが一門の別所龍玄どのに、別所一門としてのご助力を願いたく、まいった次第です」

重蔵の言い廻しは、澱みがなかった。

「別所一門のみにて、とは……」

「ご懸念なきように。同じ別所一門とは申せ、別所どのは謝礼を得て介錯役を務めておられるのですから、むろん、謝礼をお支払いいたします。そのうえで、われらにご助力を、お願いいいたす所存です」

重蔵と孝之がそろって頭を垂れた。

「別所家に、ほかに人はおられませんか」

「江戸に一門の者は、われら二人と別所どののだけなのです。二刀を帯びているとは言え、われら若輩者《じやくはいもの》。介錯役は、荷が重すぎます。あいや、別所どのはわれらよりお若いご様子。われらよりご年配の方と、勝手に思いこんでおりました。これほどお若い方とは、失礼ながら、意外でした」

龍玄は気が進まなかった。別所一門の面目が、龍玄を戸惑わせた。龍玄は、爺さまの話を、もっともっと訊きたくなった。

「差し支えなければ、事情をお聞かせ願えませんか」

「事情をですか？」

重蔵と孝之が目配せを交わした。

「事情を知らぬ者に討たれるのは、当人も無念ではないかと思うのです。わたしはなるべく、切腹にいたる事情を承知したうえで事に臨むようにしております。むろん、差し支えがあれば、けっこうです。別所家のご判断に、お任せいたしますが……」

「差し支えはありません。むしろ、別所一門として、別所どのには事情を知っておいていただきたいくらいです。ただし、事情は少々こみ入っております。よろしいですか」

「どうぞ、お聞かせください」

重蔵は大きく頷き、「わが祖父六三郎には、七つ歳の離れた弟がおります」と、言った。

「名は七郎太《しちろうた》。曾祖父慶司が、卑しき端女に産ませた弟です。端女の子として里へ戻すのは不憫《ふびん》ゆえと、曾祖父が別所家に引きとり、部屋住みながら別所一門につらなり、人となりました。この七郎太、武芸に殊《こと》のほかすぐれた素質があって、城下の一刀流道場において年少のころより頭角を現わし、二十歳をすぎたときには高槻に別所七郎太あり、と知られる腕前になっておりました」

「別所どのも一刀流でしたね。本郷の大沢道場とか……」

孝之が言った。龍玄は、黙って頭を垂れた。

「宝暦《ほうれき》のころ、七郎太の名が武芸に関心のお強かった先代の殿さまのお耳に入り、別所家一門にそれほどの者がおるならと、殿さまのお声がかりもあって、同じ一刀流の流れを汲む永井家武芸指南役《しなんやく》の樋口家《ひぐちけ》の娘を娶《めと》り、樋口家の家臣として永井家に出仕いたす身分になったのです。今にして思えば、樋口家の家臣になったことが、七郎太に道を誤らせたと言えるかもしれません」

孝之が相槌《あいづち》を打つように頷いた。

「十七年前の安永《あんえい》の初めでした。家中に内紛が起こり、二派に分かれた家臣同士の争いが始まったのです。童子だったわたしや孝之は、わけもわからず大人たちの争いを見守るばかりでしたが、当代の殿さまの継がれた家督を巡るお家騒動だったと、父千代之助より聞いております。家中の二派が、互いを非難誹謗《ひなんひぼう》、ときには激昂した両派の乱闘になり、怪我人や死人を出すほどの争いだったと」

「安永のお家騒動、と今なお家中では伝わっております。そのお家騒動で、別所家と樋口家は両派に分かれたのです。樋口家の家臣となっていた七郎太は、別所一門ながら一門とは行動を共にせず、樋口家と共に、別所家と争う一派についたのです」

孝之が言った。

「一門の者が分かれ相争うなど、愚かなふる舞いでした。しかしながら、人の世にはそういうことがあるのは、いたしかたない。ましてや七郎太は、卑しき端女の血をひく者です。別所一門につらなってはいても、日ごろより一門への妬《ねた》み嫉《そね》みなど、劣等な血筋の者の含むところが、なかったとも言えません」

「そうなのです。里へ帰された端女の母親の恨みを、子供のころからずっと抱いていたのに違いないのです。七郎太は、すでに五十近い歳になっておりました。分別がついて当然の年寄りが、愚かにも道を誤り、別所家にそむいたのです」

重蔵と孝之の語り口には、血筋の卑しい一門の年長者への侮蔑《ぶべつ》と、別所家にそむいた怒りがにじんでいた。

龍玄はかすかな不快を覚え、雨垂れの音に耳を傾けた。

「内紛は二年ほどで終りました。両派とも存念は違っても、争いが長引けばお家を疵つけ、また御公儀よりのお咎めを受ける恐れもありました。両者の話し合いが持たれ、当代の殿さまが家督を継ぐという形で落着したのです。家中は前と変わらぬ平穏をとり戻したかに見えました。ところが、そうではなかった。落着に反対する者らの不満が、執念深く領内にくすぶっていたのです」

「われらも事情のわかる年ごろになっておりましたので、当代の殿さまへ不満を抱く輩が事を起こす機をうかがっている、などという噂が城下に流れているのが気になっておりました」

「殊に、先代の殿さまの武芸指南役に就いていた樋口家が、あくまでも落着に異議を唱える強硬派の中心となり、不穏な動きを強めておりました。落着したことが少数の強硬派をかえって追いつめ、過激な行動に走らせたのかもしれません。七郎太は、そういう一味を率いる頭《かしら》だったのです」

龍玄はそこで顔を上げた。

「それは、七郎太どのが樋口家の家臣として、主《あるじ》の命に従い強硬派を率いていたということなのですか。それとも……」

「たとえ陪臣《ばいしん》であったとしても、永井家に忠誠をつくすのが正しき道ではありますまいか。先代の殿さまのお声がかりがあったからこそ、別所家の部屋住みの、卑しき端女が産んだ七郎太が、樋口家の家臣という形でお城に上がれる身分を得たのです。殿さまへの恩をないがしろにできないはずです」

即座に重蔵は答えた。そして続けた。

「そんなさ中、追いつめられた強硬派が決起し、七郎太は永井家城代《じょうだい》家老《がろう》の鶴《つる》谷《や》さまのご子息鶴谷兼左衛門《かねざえもん》どのを闇討ちにしたのです。七郎太は鶴谷兼左衛門どのを殺害したのち、高槻から出奔《しゅっぽん》して行方をくらましました。正しき道と信ずるなら正々堂々と申したてるべきところ、おのれの考えが通らなければ非道な凶行におよび、しかも身をくらますとは、理不尽きわまりない」

「七郎太は、恩ある永井家にそむき、われら由緒ある別所一門に泥を塗ったと、申さざるを得ません」

　孝之が言った。

「樋口家は、どうなったのですか」

「樋口家の決起は失敗し、捕われた者もおり、斬られた者もおります。主の樋口淳一郎《じゅんいちろう》、並びに隠居の倫之助《とものすけ》は、討手《うって》の手によって討ちとられました。捕われた者はみな、お家に対する謀反《むほん》の廉《かど》で、斬首と相なりました」

「もしかして、それは、樋口家の女も子供も、ですか」

「武家の定めです。哀れでしたが、武家の者である限り、いたしかたありません」

「七郎太どのの妻子の身は……」

「申すまでもありません。同じです。樋口家の娘を妻にし、男子をもうけておりましたが」

「根絶やし、ですね」

龍玄の背中に、冷たいものが走っていた。刑場で首を打たれる女や子供らの姿が、脳裡に浮かんだ。龍玄は、雨垂れの音に耳を傾けた。

「別所家のこうむった恥を雪《そそ》ぐべく、一門の者が行方をくらました七郎太を追って、足かけ十二年になります」

「伯父千代之助とわが父享右衛門共ども、倅のわれらも、別所家のこうむった恥を雪ぐ務めを負うております」

「七郎太どのの行方が、知れたのですね」

「偶然でした。潜伏先は府中《ふちゅう》。わが知人が国府《こくふ》の六社《ろくしゃ》を詣《もう》でた折り、府中宿より国分寺《こくぶんじ》街道をとった途中の村で、七郎太を見かけました。七郎太は刀を帯びず、百姓のような身なりに拵え、土地を耕していたそうです。神仏のお導きです。十二年も行方を追っていた七郎太を、ついに捜しあてたのですから」

「しかし、本来は別所家ではなく、永井家の方々が府中へ向かわれるべきではありませんか。永井家が七郎太どのを捕縛し、罪の裁きを受けさせるべきでは」

龍玄は訊いた。

「われらは、別所家の面目を施すため、行方をくらました七郎太に切腹させ、一門の受けた恥を雪がねばなりません。これは、内々に殿さまも別所家が七郎太の罪の始末をつけることをご承知なのです。七郎太を見かけた知人はわれらの事情を知っており、上には報告せず、まずわれらに教えてくれたのです」

重蔵が上体を乗り出すようにした。

「高槻の父と叔父宛てに文《ふみ》を送り、指示を仰ぎました。高槻よりの指示は、七郎太を説得し腹を切らせよ、というものでした。卑しき端女の子に生まれたとしても、七郎太は別所一門につらなる者です。一門の者を、裁きの場に引き出して別所の名を汚してはならない。別所一門の者らしく潔い最期を迎えさせてやれと。それがわが一門の者への、せめてもの恩情なのです」

「別所どの、何とぞわが一門にお力添えを、お頼み申します」

「七郎太どのが、あなた方の説得に応じなければ、切腹を拒めば、いかがするのですか」

「そうなれば、やむを得ません。われらで討ち果たします。未熟とは言え、われらとて武芸の心得は多少はあります。かつては一刀流の達人であったとしても、すでに六十代半ばに近い年寄り。そのときは、われらのみにて。別所どののお力添えは無用です」

重蔵が頭を垂れて言った。

「これからの別所一門をになうわれら若い力で、安永以来の別所家の分裂を終らせるのです。別所どの、あなたにもわれらに加わっていただきたい。むろん、介錯役のみでよろしいのです」

「七郎太どのの歳は、お幾つになられるのですか」

「六十四になるはずです」

六十四歳……

龍玄は、驚きはしなかった。ただ、祖父の弥五郎が今も生きていれば、七十二歳になる。弥五郎は、孫の龍玄になんと言うだろう、と考えた。

「年寄りであろうと、どれほど年月がたとうと、罪は罪です」

重蔵が言い、孝之が大きく頷いた。

この雨の中、勝手口にいつもくる青物売《あおものう》りの行商の声がした。お玉の下駄が勝手の土間に鳴り、小松菜と胡瓜《きゅうり》、人参、山芋、牛蒡《ごぼう》を買い求めるやりとりが聞こえた。

龍玄は雨の庭へ目を投げ、考えた。

軒庇の雨垂れが、土縁の先で飛沫を上げている。

お話によれば――と、龍玄は重蔵と孝之へ向きなおった。

「わが祖父弥五郎は、七郎太どのの八つ歳上になるのですね。七郎太どのは弥五郎のことを、存じておられるのでしょうか」

「たぶん、存じておるでしょう」

「お二方《ふたかた》は、わが祖父弥五郎が、永井家を離れて浪々の身になったわけをご存じなのですか」

「わたしは存じません。孝之、おまえはどうだ」

「いや、わたしも知らぬ」

「何しろ、われらの生まれる前のことです。別所どのの名と評判を知りましたのは数日前のことで、高槻への手紙でも問い合わせておりません。本日おうかがいし助勢をお願いいたすのは、われらの一存です」

「こ、このちは、われら一門の縁者として、交わりを結び……」

孝之が言いかけて、口を噤《つぐ》んだ。

茶の間の炉に、火が入っていた。五徳に黒い南部《なんぶ》鉄瓶が架けてある。

母親の静江が、炉のそばに背を丸めて坐り、火箸で炭火の熾《おこ》り具合を確かめていた。炭火の熱が、茶の間の湿り気を部屋の隅へ追いやっていた。

居間と茶の間を仕切る戸の隙間から、百合の丸髷《まるまげ》と背中が見えた。

百合は杏子に乳を飲ませていた。両手に抱いた杏子の小さな白い足が、百合の膝の横にのぞいている。

お玉は勝手の流し場で、青菜売りから買った牛蒡を洗っていた。

龍玄が炉の円座につくと、炭火の具合を見ながら、静江が言った。

「ずいぶん長い、お話でしたね」

はい——と、龍玄は静江の火箸が燃える炭に火の粉を散らすのを見た。

「お客さまは、どちらのご家中の方ですか」

「摂津高槻領永井家の方々でした」

「もしかしたら、弥五郎さんとご縁のある方々なのですか」

「聞こえましたか」

「別所一門、別所家、というお客さまの声が、何度か聞こえました。弥五郎さんの別所一門では、と思っておりました」

「爺さまの父親は修五郎。別所修五郎です。永井家に仕えていたのは、本当のようです。聞いたことは、ありませんか」

「初めて聞きました。龍玄の曾《ひい》お祖父《じい》さまですね。曾お祖父さまは摂津高槻領永井家に仕える侍で、弥五郎さんはゆえあって、曾お祖父さま亡きあと浪々の身になったそうです。弥五郎さんは自分の素性をそれ以外は何も話しませんでした。弥五郎さんがなぜ江戸に出てきたのかも。わたしたちの知っていることは、あなたの知っていることと変わりません。勝吉は、自分のお祖父さまとお祖母さまの名も知らなかったのです」

「明日朝早く、府中へ出かけます。戻りは暗くなります」

戸の隙間から見える百合が、肩ごしに茶の間のほうへ顔を向けた。

「府中へ？　でもそれは、今のお客さま方のご依頼の、お務めなのですか。つまり別所家の」

「そうです。別所重蔵どのと沢口孝之どののです。曾爺さまの弟の血筋を継ぐ方々です。祖父の六三郎という方が、爺さまのひとつ下の従弟になります」

「弥五郎さんの従弟の六三郎さんですか。別所家のお客さまはお二方とも、龍玄の仕事の依頼主にしてはだいぶ若いですね。大抵、年配の方なのですけれど。少し若すぎるような……」

「母上、ご懸念にはおよびません。わたしはあのお二方より若いのです。わが務めに別所一門は、かかわりありません。ただ、粛々と務めを果たすのみです」

そこで静江は火箸の手を止め、少し不安げな眼差しで龍玄を見上げた。

「そうですか。ご苦労さまです」

と言った。居間で杏子がむずかった。百合の小声が杏子に語りかけている。お玉は、流し場でまだ牛蒡を洗っていた。

三

真夜中をすぎた丑寅《うしとら》の刻《こく》(二時～四時頃)、龍玄は未だ漆黒の闇に包まれた無縁坂講安寺門前の住居を出た。

紺の帷子《かたびら》に焦げ茶の小袖、黒の細袴、手甲脚絆《てっこうきゃはん》をつけ、黒足袋草鞋《くろたびわらじ》に菅笠をかぶった。背に荷物と刀袋の同田貫一刀をくくり、腰には艶《つや》やかな黒い光沢を放つ村正の大小を、さり気なく帯びている。

四谷《よつや》へ向かうお濠端《ほりばた》の道で、一番鶏の鳴き声を聞いた。

とり決めの明け七ツより少し前、四谷大木戸《おおきど》に着いて重蔵と孝之を待った。

　二人がきたのは、七ツをややすぎたころだった。それも二人のほかに、三人の侍らしき人影が一緒にいた。五人は野羽織野袴《のばおりのばかま》に深編笠の、同じ扮装だった。孝之が龍玄へ提灯をかざし、深編笠の縁《ふち》を上げた。

「別所どの、お待たせいたしました」

　やや甲走った声をかけてきた。

　龍玄は菅笠をとって、孝之と重蔵へ静かに辞宜をかえした。重蔵は重々しく、ふむ、と小さく会釈をしたのみだった。

「別所どの、少々段どりが変わりました。この三人は清水喜八《しみずきはち》、磯崎泰造《いそざきやすぞう》、千石安治郎《せんごくやすじろう》と申し、永井家のわれらの朋輩《ほうばい》であり、高槻城下の真陰流《しんかげりゅう》道場の同門です。この春、われらはみな、殿さまのご参勤のお供をして出府したのです。みんな。こちらが昨夜話した介錯人の別所龍玄どのだ。江戸にて唯一、別所一門の末流を汲んでいる方だ」

　三人の影が、草鞋をさわさわと鳴らしつつ、孝之の提灯の明かりが届くところまで近づいた。深編笠に隠れて顔は見えなかったが、ひき締まった身体つきや鋭い身のこなしに、若々しさが漲っていた。

「段どりが変わったと申しましても、別所どのの役割は変わりません。この三人は、別所家の事情を以前より承知しており、万が一の不測の事態に備え、立会人としての同行を申し入れてくれたのです。別所どのの介錯の、介添役も引き受けてくれます。われらとしても、気心の知れた三人が同行してくれるといっそう心強いので、助勢をお願いした次第です」

「さようですか。別所龍玄と申します。お見知りおきを」

龍玄は、三人へ頭を垂れた。

「重蔵と孝之から、別所どのの生業と評判をうかがっております。このたびはまさに千載一遇の機。別所一門として、見事、面目を施されるよう、微力ながら、助太刀《すけだち》いたす所存でござる」

深編笠をかぶったまま清水喜八が言い、磯崎と千石がわずかに笠をゆらした。三人は背が高く、中でも清水喜八が三人の頭《かしら》格に思われた。

「では、行くぞ」

と、重蔵が真っ先に四谷大木戸のなだらかな坂を上っていった。

その左右に提灯を提げた孝之と清水が並びかけ、磯崎と千石が並んで続き、深編笠の五人より少し遅れて龍玄が従った。

暗い街道の前後には、ちらほらと七ツどきの旅だちの人影があった。

四谷大木戸から内藤新宿《ないとうしんじゆく》へ向かい、新宿追分《おいわけ》で青梅街道《おうめかいどう》と分かれ、次第に明るみの兆す甲州街道《こうしゆうかいどう》をとった。

磯崎と千石が、とき折り、肩ごしに龍玄へちらちらと目を投げ、小声やひそめた笑い声を交わしていた。

二人の声が、朝露を含んだ静けさの中に流れていた。

「思っていたより小柄ではないか。あの身体で介錯人が務まるのか。ひどく頼りなさそうに見えるが」

「務まるから生業にしているのだ。重蔵と孝之も介錯役を頼んだわけだし」

「牢屋敷の首打役と試し斬りが本業らしい。あんな男にでも務まるということなのかね」

「重蔵が別所龍玄という名を、たまたま、町奉行所の同心から聞いたんだと。同心は、別所龍玄を怪物だと言っていたそうだ。本当かね。もっとも、重蔵と孝之は、昨日あの男に会って、内心、頼むのではなかったと、後悔したとも言っていた。別所一門というのに引かれたと、悔んでいた」

「無理もない、あれではな。あれが怪物か。江戸も大したことはないな。確かにあの貧弱な身体に大刀《だいとう》を帯びた格好は、ちょっと魔物めいているがね」

「けど、あいつ、背にも一刀を背負っているぞ。あれが介錯刀なのかな。格好だけは立派ではないか」

「おれもさっきから、背中の一刀が気になってさ」

と、磯崎と千石は、ぷっ、と噴き出した。

だが、龍玄は気にならなかった。二人の嘲笑《ちょうしょう》は、耳元を風のように、ただ空《うつ》ろに吹きすぎていくばかりである。

新町《しんまち》通りをゆき、路林と田畑の続く道端に酒飯の店が並ぶ代田村《だいたむら》に差しかかるあたりで、東の朝焼けの雲間より、日が金色の光を射し始めた。

馬子《まご》らの牽《ひ》くひと連れ五、六十頭もの馬列に次々と行き合い、まだ涼しい朝の街道に、馬の鼻息やいななき、蹄《ひづめ》の音と砂ぼこりを舞い上がらせた。

暑さの厳しくなり始めた巳《み》の刻（午前十時～正午頃）ごろ、下高井戸をへて上《かみ》高井戸《たかいど》の宿場を抜けた。

路林の杉林がつらなり、蟬の鳴き声が街道を覆っていた。

烏山《からすやま》、給田《きゅうでん》、下仙川《しもせんがわ》をすぎるころ、暑さがますます厳しくなっていた。そのうえ、急ぎ足の疲れが加わり、みな石のように押し黙ってひたすら歩んだ。

田面を目黒道《めぐろどう》と深大寺道《じんだいじどう》に折れる辻をすぎ、なおしばしゆき、金子《かねこ》、下布田《しもふだ》、上布田《かみふだ》をすぎ、石原《いしわら》をすぎ、下染屋《しもそめや》、上染屋《かみそめや》にいたって、街道の周囲は田面や原野が空濶《くうかつ》と開けた。

するると、南の大山《おおやま》より連綿《れんめん》と山の峰が峙《そばだ》つそのはるか彼方《かなた》に、頂きに雲をかぶった富士の峰が望まれ、目を西から北へ転ずれば、秩父《ちちぶ》や武甲《ぶこう》の青く映えた諸山が、山腹の襞《ひだ》がわかるほど近くに、殊のほか美しく眺められた。

府中宿へ着いたのは、午《うま》の刻（午前十一時〜午後一時頃）を四半刻ほどすぎたころだ。

酒飯を商う亭に上がり、四谷より休みなく歩き続けて疲れた足を休め、汗をぬぐった。

五人は濁《にご》り酒と飯を所望し、喉を潤し空腹を癒やした。

「別所どのも、濁り酒をいかがですか」

孝之に訊かれ、龍玄は濁り酒ではなく茶を頼んだ。そして、背中の荷物と一緒に携えてきた握り飯を、ゆっくりと食《は》んだ。握り飯は、百合が暑さを考慮して塩気を強くして拵えたものだった。

渇きと空腹を癒やした五人は、凜々とした気配を漲らせていた。

「府中宿から国分寺街道をとり、四半刻もかからぬ。いよいよだぞ」

重蔵が低い張りのある声で言った。

おお――と、大刀をいかめしく鳴らしつつ、いっせいに出立《しゅったつ》の支度を整えた。

龍玄が荷物と同田貫の刀袋を背負い菅笠をつけていると、清水喜八が声をかけてきた。清水が声をかけるのは、四谷大木戸以来の二度目だった。

「別所どの、少し覇気が見えませんな。ご懸念にはおよびません。われら、粗漏《そろう》なく別所どのの介添をいたす」

と、まるで、龍玄の静かさが怖気《おじけ》づいているかのように言った。

清水は五人の中では一番大柄で壮健《そうけん》な身体つきをしていて、鋭い目鼻だちの相貌を若々しくほころばせた。

「お気遣い、畏れ入ります。わが務め、懸命に果たす所存です」

龍玄は頭を垂れ、静かにかえした。

「元気を出されよ。これから人の首を、すぱっとやるのでござるからな。仕損なったら、われらがあとを引き受けます」

あはは……

と、千石が磯崎と顔を見合わせ、笑い声をたてた。孝之と清水が冷やかな笑みを浮かべた。

重蔵は、三人の助勢があれば別所一門だとしても、これしきの男に頼むのではなかった、という目つきで龍玄を横睨《よこにら》みにした。

# 四

甲州街道を国分寺街道に分かれ、街道の途中より、田野の一画に繋る林間の道へ重蔵と清水が先導して分け入った。

昼をすぎて空が曇り、生ぬるい風が吹き始めていた。六人の周りで、木々が風にゆられて騒いでいた。あたりは一鳥の鳴き声も蟬の声も途絶え、ただ木々のざわめきだけが六人に戯《たわむ》れかかっていた。

林間の道を抜けると、茅葺屋根のその百姓家はあった。

前方に畦道《あぜみち》が田面の間を一旦くだってゆき、畦道から分かれた小道がゆるやかに上っていた。小道は垣根や土塀のない庭先の畑の間を通り、百姓家の表口の腰高障子まで続いているのが認められた。

主屋《おもや》の隣に、それも茅葺屋根に土壁の納屋《なや》があった。

百姓家の後ろを椎《しい》や楓の樹林が囲っていて、空を覆う雲が厚みを増し、吹きわたる風が樹林の濃い緑をゆらしていた。

畦道が田面の間をのびていく先には、同じような樹林に囲われた百姓家の茅葺屋根が数戸、固まっていた。富士は厚い雲に覆い隠されたが、広大な野のはるか彼方に峙つ峰々は、灰色の空の下にくっきりと遠望できた。

それはよどんだ灰色に覆われた、墨を流した絵を思わせる田園の風景だった。

束の間、六人はその景色に魅せられて立ち止まった。

「聞いていたとおりだ」

重蔵が呟いた。

「あの百姓家か」

清水が言った。重蔵は頷き、

「若い百姓女と暮らしているらしい。年寄りがみっともない。七郎太大叔父は、別所一門の恥だ」

と、苦々しく吐き捨てた。大叔父という呼び方に、重蔵の童《わらべ》のころの風景が感じられた。

「こんなところで百姓暮らしをしていたのだから、わからぬはずだな」

清水が広大な田園と空を見廻した。

「父や叔父が七郎太大叔父の行方を求めて、十二年が空《むな》しくすぎた」

「父と叔父のできなかったことを、倅たちがやりとげるのだ。われらがついている。重蔵、どのような手だてでいく」

清水が言った。

「おぬしと磯崎と千石は、背戸《せど》へ廻ってくれ。わたしと孝之、それから……」

と、重蔵は五人から少し離れて控えている龍玄を見た。

「別所どのは、われらと共に表より。よろしいか」

「心得ました」

五人の目が龍玄へ向けられた。

「わたしが七郎太大叔父と話をする。侍らしく腹を切る所存なら、われらも侍らしく礼をつくして執り行う。あくまで拒むなら、やむを得ぬ。斬り捨てる」

「おお、腕が鳴る」

千石が昂揚を隠さず言った。

「やむを得ず斬り合いになったときは、別所どのは、あぶないですから離れたところで事がすむまでお待ちください」

孝之が言い添え、四人が笑い声をたてた。

道をくだり、畦道をしばらく進んで百姓家の庭先へ上る小道をとった。

庭先は、竹を組んだ支え棒に蔓《つる》と葉のからまる胡瓜畑になっていた。

生ぬるい風が吹きわたって、胡瓜の葉をさざめかせ、五人の野袴の裾をなびかせていた。

主屋の表の腰高障子が引かれ、庭に向いて暗い口を開けていた。表口の左手に縁側があって、上座敷と下座敷二部屋の腰障子が庭に面して開かれていた。

家の中にも庭にも、人の姿は見えなかった。

「われらは背戸へ廻る……」

清水が言い残し、磯崎と千石を率いて畑の中で分かれた。

胡瓜畑を抜け、暗い表口へ近づいたとき、家の中に乾いた物音がした。

重蔵が暗い口を開けた表に立ち、孝之が並んだ。

龍玄は二人の後ろから、暗い家の中を見やった。すぐに目が慣れて、内庭の土間に人影が認められた。人影は老いた農夫だった。うすくなった白髪の多い髪を後ろでひとつに束ね、髷には結わず、背中に垂らしていた。

痩せた身体に古びた野良着《のらぎ》を纏い、丈《たけ》の短い股引《ももひき》、素足に藁《わら》草履をつけた扮装だった。小さな腰掛に腰を下ろし、鉈《なた》を使って枯木を打って薪《たきぎ》を作っていた。

枯木を割る音が、気だるく聞こえていた。

内庭には、藁打ち石と藁束、杵《きね》や臼《うす》、壁ぎわに飼葉《かいば》切りや鋤《すき》や鍬《くわ》、鎌《かま》、が見えた。内庭の間仕切の奥に、炊事場の大きな竈と流しがあり、流しのそばに女が立っていた。女は、表口に立った人影へ不審の目を寄こした。

女の背中に負んぶした赤ん坊が、四肢を投げ出し眠っていた。

男は訪問者に気づかぬかのように、かつ、かつ、と枯木を打っていた。

傍らに枯木が積んである。

「七郎太大叔父、ご無沙汰いたしております。重蔵でござる」

重蔵が表口から七郎太に張りのある声を投げ、深編笠をとらずに内庭へ踏み入った。孝之が続いて土間を踏み、

「大叔父、お久しぶりです。孝之です」

と、これも声を張り上げた。

七郎太は枯木を打つ手を止め、二人を見上げた。野良仕事で日に焼けた額や目元に深い皺が刻まれていた。ただ、彫りの深い相貌に、鋭く光る眼差しや、通った鼻筋や強く結んだ唇が、衰えぬ凄みを与えていた。

その凄みに気圧《けお》されたのか、重蔵と孝之は、しばし言葉につまった。

二人を見上げた七郎太の目が、表口のそばに佇む龍玄へ向けられ、止まった。

「大叔父、わが父千代之助と、叔父享右衛門の、指図を、伝えにまいりました」

「つ、伝えにまいりました」

重蔵と孝之が言った。

「重蔵と孝之か。大きくなったな。国を出たころは、十二、三歳のまだ背ののびきらぬ少年だったが。十年以上のときが流れたのだな」

「十二年です」

孝之の声が甲走った。

「そうか。十二年になるか。歳をとって、歳をとったことすら忘れていた。千代之助と享右衛門は健《すこ》やかか。享右衛門は沢口家に養子縁組をしたのだったな。沢口家では……」

「大叔父の息災《そくさい》を、確かめにきたのではない。別所家当主、べ、別所千代之助の指図をお伝えいたす。別所七郎太、そのほう、別所一門に名をつらねながら、家名を疵つけた不届きなるふる舞い、許しがたし。かくなるうえは、潔く腹を召され、犯した罪の汚名を雪がれるべし」

「犯した罪？」

七郎太がかえしたとき、背戸の板戸が勢いよく引き開けられ、深編笠の清水ら三人が、竈と流しのある土間に踏みこんだ。

流しのそばにいた女が、ああ、と声を上げ、七郎太のいる内庭へ後退《あとずさ》って逃げてきた。背中の赤ん坊は、目を覚まさなかった。

清水ら三人は、内庭の間仕切側から踏み入り、表側の重蔵らと七郎太の前後を押さえる位置をとった。

「人の家へ無断で押し入り、荒々しいふる舞いをするな。何者だ。名乗れ」

「それがし、永井家番方《ばんかた》小頭《こがしら》清水喜八」

続いて、磯崎泰造と千石安治郎が名乗ると、七郎太が目を輝かせた。

「おぬし、童のころ樋口家の道場に通っていた清水喜八か。おぬしは磯崎の倅の泰造、そっちは千石安治郎だったか。なんと、立派になったではないか」

「本日、別所重蔵と沢口孝之と共に、立会人として、参上つかまつった」

と、清水が切口上《きりこうじょう》で言った。

「立会人とは、わたしの切腹の立ち会いか」

「いかにも。七郎太どの、事ここにいたっては潔く腹を召され、別所一門の面目を施されよ。われら、しかと検分《けんぶん》いたす」

七郎太は、三人から重蔵と孝之へ目を移した。

「いつか、誰かがくるかもしれぬ、とは思っていた。おぬしらのような若い者がきたのか。千代之助もむごいことをする。おぬしらの生まれたときのことを覚えておるぞ。重蔵、孝之、わたしは腹を切るつもりはない。腹を切らねばならぬ謂《いわ》れがないからだ。ならばどうする」

ならば――と、七郎太の前後五人が、ざざ、と一歩二歩退《ひ》いて間《ま》をとり、野羽織を払って刀の柄をにぎった。

「この場にて、討ち果たすのみ。大叔父、われら一門に名をつらねるご老体にそのようなふる舞いは不本意なり。何とぞ、お聞き分けいただきたい」

重蔵が昂《たか》ぶった声を発した。

七郎太の手には、枯木を打つ鉈しか得物はない。

「重蔵、聞け。わたしは、別所の家名を疵つける不届きなるふる舞いをしたことはない。おぬしら、わたしが何をしたか、知ってきたのか」

「言われるまでもない。城代家老鶴谷正左衛門《しょうざえもん》の倅鶴谷兼左衛門を闇討ちにし、高槻より出奔した。おのれらの望み通りにならぬことに恨みを抱き、闇討ちとは卑怯千万《ひきょうせんばん》。武士にあるまじきふる舞いによって、別所の家名を疵つけ、一門に泥を塗ったこと、不届きと言わざるを得ぬ。七郎太大叔父の切腹は、別所一門の総意でござる」

七郎太は唇を一文字に結び、肩をゆっくりと、大きく波打たせた。

「待て。申し開きをする。みな部屋に上がれ。あのときのことは思い出したくはないが、経緯《いきさつ》を聞かせよう」

「今さら申し開きなど、手遅れだっ」

と、清水が叫んだ。

「真実を知るのだ。それがなぜ手遅れだ。何があったか、何が起こったか、知りたくないのか。目をそむけるつもりか。おぬしらは一方の言い分しか、聞かされておらぬのだろう」

五人の目に、ためらいが走った。

「重蔵、孝之、みな上がれ。逃げはせぬ。隠れもせぬ。ここはわたしの家だ。七年前、この村の近くで野垂れ死にしかけたとき、村の衆に助けられた。村はずれのこの荒れ野を切り開くことを許され、わたしは刀を捨て百姓になった。縁あって女房を娶り、子ができた。わたしはここで女房と暮らし、子を育て、やがて女房と子に看《み》とられ、一生を終える。この地で眠る」

百姓女の女房が目に怯えを浮かべ、七郎太のそばに寄り添っていた。背中の赤ん坊は、健やかに眠っている。

七郎太は重蔵と孝之の後方の、表戸の傍らに佇む龍玄へ再び目を止めた。

「おぬしもだ。上がれ。女房に茶を淹れさせる。この暮らしに茶の一服だけがわが贅沢なのだ。と言っても、粗末なほうじ茶だがな」

そう言って、龍玄をじっと見つめ続けた。

「見覚えはないが、おぬしも童のころ、樋口家の道場に通っていたのか」

「いえ。わたしは江戸に生まれ、江戸で育った者です」

と、龍玄は静かに言った。

「永井家のどういう役目に就いておる。名は……」

「浪人の身です。名は別所龍玄と申します」

「別所龍玄？　別所家の誰の倅だ」

「わが父は別所勝吉。わが祖父は、別所弥五郎と申します」

「別所、弥五郎……おぬし」

七郎太が目を瞠《みは》り、嘆声を上げた。

「もしや、弥五郎さんの倅、いや、弥五郎さんの孫か」

龍玄は七郎太へ、こくり、と頭を垂れた。

「弥五郎兄さんは、ご健在か」

「わたしが五歳の折り、病《やまい》を得て、五十五歳にて身まかりました」

「五十五歳で病に……そうか。弥五郎さんはわが従兄だ。わたしが仕えた永井家武芸指南役の樋口倫之助さまですら、剣の腕は弥五郎さんにおよばなかった。弥五郎さんは樋口家の道場に通う門弟で、わたしの兄弟子でもあった」

七郎太は眉間に皺を作り、目をまたたかせた。

「わたしが七、八歳のころ、道場で若い弥五郎さんと倫之助先生が、面《めん》と小手《こて》をつけ激しく打ち合った試合稽古を、息を吞んで何度も見た。明るくて優しい人柄でな。童のわたしは弥五郎さんの従弟であることが、誇らしかった。弥五郎さんは、江戸へ出られて、暮らしはどのようにしておられた」

「祖父は江戸へ出て偶然ある知己《ちき》を得て、牢屋敷の首打役の手代わりを務めることとなり、また試し斬りによって、刀剣の利鈍を鑑定する生業を暮らしの方便としておりました」

それから龍玄は、短いためらいの間をおき、言い添えた。

「希《まれ》に、切腹場における介錯役を請け負ったことがあると、聞いております」

「ああ、介錯役を……」

と、七郎太は呟いた。

「龍玄、偶然ではない。弥五郎さんの知己というのは、倉持安左衛門という《御試し御用》の下請役を務めていた士《さむらい》に相違ない。樋口倫之助さまが、弥五郎さんが江戸へ下るとき、添状《そえじょう》を持たせたのだ……おぬしは、弥五郎さんが永井家を去り、江戸へ下ったわけを、知らぬのか」

「祖父は、幼いわたしは申すまでもなく、父や母にすら、江戸へ出た事情、おのれの素性を殆ど語りませんでした」

「おぬしは今、何をしておる。何ゆえここにきた」

「祖父弥五郎、父勝吉を継ぎ、牢屋敷の首打役の手代わり、様《ため》し場《ば》の試し斬り、のみならず、切腹場の介錯人を務めております。本日は、別所重蔵どの、沢口孝之どののご依頼により、介錯役を相務めます」

すると、七郎太は鉈を薪割台の切り株へ、激しく打ちこんだ。

「なんたることとだ。知りもせぬ者らが、別所一門の名を玩《もてあそ》びおって」

七郎太は、腹だたしげに言った。

吹きわたる風が表戸の腰高障子を、がた、と叩き震わせた。

# 五

次に七郎太が現われたとき、野良着に股引ではなく、くくり袴に継《つ》ぎ接《は》ぎのある綿の単衣《ひとえ》をつけ、黒鞘の脇差を帯び、大刀を手に提げていた。

粗末な拵えながら、七郎太の侍らしい扮装に重蔵らはざわついた。

「侍は捨てたが、この刀は捨てられなかった。若いおぬしらが、侍らしくふる舞えと言うのだから、侍として話そう。これでよいのだな」

と、七郎太の強い語調が、五人のざわつきを抑えこんだ。

内庭から下の部屋へ上がり、三間どりの上の部屋に通された。

七郎太と対座し、重蔵と孝之、二人の後ろに清水、磯崎、千石が並び、龍玄はさらに後ろの部屋の隅に着座していた。五人は刀を、左わきの深編笠と並べ、七郎太と龍玄が、右わきにおいていた。

龍玄は背中の荷物と同田貫の刀袋をはずし、右わきの村正の一刀と共に並べた。

左手の縁側の腰障子が開け放たれ、庭の胡瓜畑の葉群《はむら》と実が、風に吹かれてゆれ、ざわめいていた。胡瓜畑のだいぶ向こうに、一行が国分寺街道より分かれた林道の木々が見えた。

木々の後方の空に、黒い雲が迫っている。雨がきそうだった。

「人はおのれに都合のいい事情だけに目を向け、それが事の真実だと言う。人それぞれに異なる真実があったとしてもいたしかたない。だが、わが妻と子の死は、たったひとつしかない真実なのだ。わが倅良介《りょうすけ》は、わたしが三十九になってようやくできた子でな。あのときはまだ十五歳だった。重蔵、孝之、おまえたちは十三歳と十二歳の少年だった」

それぞれの膝の前に、女房が出した碗がおいてあり、ほうじ茶のほのかな香りがたち上っていた。

「当代殿さまの家督継承を巡る安永のお家騒動が、鶴谷正左衛門が家老の座に上って収まり、領内は一見、平穏をとり戻したかに見えた。だが、水面下では、お家の実権をにぎった鶴谷とその一派の、騒動で対立した者らへの粛清《しゅくせい》が始まっていた。権力をにぎった鶴谷の露骨《ろこつ》な報復、と言うべきものだった」

「それは違う。報復ではない。家中の腐敗した一派を一掃し、お家の政《まつりごと》の改革を鶴谷さまが中心になって断行なされたのだ」

重蔵が言った。

「重蔵、よく調べてみよ。安永のお家騒動では、騒動のさ中に運悪く命を落とした者も出たが、騒動がおさまってから、すなわち鶴谷正左衛門が家老職に就いてから、はるかに多くの者が命を落とした。お家騒動で対立していた者たちが、言いがかりのような些細《ささい》な罪を咎められ、次々と斬首されたのだ」

「知らん。そのようなことは、聞いたことがない。たとえそうであったとしても、犯した罪は罪だ」

台所のほうから、女房の立ち働いている物音がした。

七郎太は大きくひとつ、息を吸った。

「おぬしらも知ってのとおり、わたしの仕えていた樋口倫之助さまは、鶴谷正左衛門とは対立する立場だった。樋口家は先代の殿さまに、武芸指南役に召し抱えられた。ゆえに、安永の騒動の折りは鶴谷と対立する立場に身をおくのは、当然のふる舞いだった。だが、倫之助さまは無益な争いを即刻やめ、両派が談合することを望んでおられた。互いに譲り合うべきだと、考えておられた」

そのとき、黒ずんでゆく空に雷鳴が、低く遠くとどろいた。ねぐらへ急ぐ鳥影が、その空をよぎっていった。

「数年がたち、樋口倫之助さまは病に倒れ隠居をなさり、倅の淳一郎さまが樋口家を継がれた。それを待っていたかのように、樋口家の武芸指南役が解かれた。のみならず、家禄の半分のお召し上げが申しわたされた。淳一郎さまは武芸、並びに人品骨柄において、家中では最も武芸指南役に相応しいお方だった。ましてや、樋口家が家禄を召し上げられる粗相《そそう》など、ひとつとしてなかった。にもかかわらずだ」

「不平不満を持つ輩を集め、お家に刃向かう謀《はかりごと》を廻《めぐ》らしていたではないか。七郎太どのはその手先になって、一味を率い暗躍《あんやく》していたではないか」

重蔵と孝之の後ろから、清水が荒々しく言った。

「そんなことは、していない」

七郎太は冷めた眼差しを投げ、凜としてかえした。

「みな、実権をにぎった鶴谷の報復を恐れ、領内の人望の厚い樋口家に助けを求めてきた者らだ。確かに、中には鶴谷を打つべしと、血気に逸《はや》る者もいた。倫之助さまが病をおして、そういう者らをなだめ、淳一郎さまとわたしが家中の重役方をひそかに廻り、すでに当代殿さまが家督を継がれお家騒動が収まったうえは、これ以上の不毛な対立を収めるように計らっていた」

「それが謀《はかりごと》だと言うのだ。それこそが、お家に刃向かう根廻しではないか」

「喜八、あのときおぬしは十七だったな。大人の分別はできたはずだ。あの夜、鶴谷正左衛門の倅兼左衛門の率いる番方衆《ばんかたしゅう》が、樋口家に踏みこんだ。喜八の言う、樋口淳一郎さまが領内の不平不満を持つ輩を集め、お家に刃向かう謀を廻らしているという廉《かど》でだ。偶然わたしは、兄の六三郎を訪ね、鶴谷と隠居の倫之助さまの談合の、中立を頼んでいた」

七郎太は、重蔵と孝之を見つめた。

「重蔵、孝之、あの場にはおまえたちの父親の、千代之助と享右衛門もいた。聞いておらぬか」

重蔵と孝之は答えず、ただ、七郎太を睨みかえしていた。

「あの夜、樋口家には二人の客があった。これも、隠居の倫之助さまと主の淳一郎さまに、相談にきていただけだった。しかし番頭《ばんがしら》の鶴谷兼左衛門は、それを謀の企ての口実にし、番方を率いて樋口家へ踏みこんだ。二人の客と淳一郎さま、隠居の倫之助さま、樋口家の門弟がひとり、そして、わが倅の良介が斬られ落命《らくめい》した。なんたることだ。まだ十五歳の良介がだ」

「お城の番方に刃向かったからだ。謀でなかったなら、裁きの場に出て堂々と申し開きをすればよかったのだ。それを徒《いたずら》に刃向かい、お家に楯突《たてつ》いた。主君に仕える侍にあるまじきふる舞い。斬られて当然だ」

清水が、また荒々しい声を上げた。

「倅は刀を持っていなかった。元服《げんぷく》をしていなかったのだ。だが、目の前で母方の叔父や祖父が理不尽に斬られた。侍の子なら、大人しくしているはずがない。刀を持たぬそんな倅を、兼左衛門は斬った。その場に居合わせた樋口家の下男が見ている」

と、七郎太は清水を睨みかえした。

「樋口一門への圧力が強まっていた。殊に、鶴谷の倅の番頭を務める兼左衛門が強硬だった。そのため、わが妻と良介の身を慮《おもんぱか》り、実家の樋口家に帰らせていた。そこへ兼左衛門率いる番方の一隊が踏みこんだ。淳一郎さまの武芸指南役を解き、家禄の半ばを召し上げた。そのうえに、そこまで露骨なことをするとは、みな考えなかった」

「元服もしていない子供のくせに、偉そうに理屈を並べたて、番頭に逆らうからだ。番頭を怒らせたほうが悪い」

「喜八、詳しいな。まるでその場に居合わせたようだな」

「あの夜のあり様は、ち、父からつぶさに聞いた」

「そうか。喜八の父親は番方だったな。樋口家に踏みこんだひとりか。泰造、安治郎、おぬしらの父親も番方だ。一緒だったのか」

「そうだ。番方の務めを果たすのは、当然のことだ」

千石が、声を荒《あら》らげた。

七郎太は、十二年前に失った倅の姿を甦らすかのように目を閉じ、深い呼吸をゆるやかに繰りかえした。

「樋口家の女や、淳一郎さまの幼い子供、そして淳一郎さまの姉のわが妻も、兼左衛門らに捕えられ、牢に入れられた。そして、わずか数日ののちに、樋口家の女子供すべてが首を打たれた。重蔵、孝之、女や幼い子供までがだぞ。それが武士のすることとか」

「殿さまに楯突いた樋口淳一郎の累が、樋口家の者におよんだ。武家ならばいたしかたないことだ。それが武家の習いではないか」

「淳一郎さまも樋口家も、当代の殿さまに楯突いたことはない。何も謀を廻らしてもいない。道理を曲げずに調べれば、容易《たやす》くわかることだ。だが、家老の鶴谷は先代の殿さまの信の厚かった樋口家のとり潰し、抹殺《まっさつ》を謀《はか》った。樋口家を潰せば、対立していた一派は消え去る。それが狙いだった」

「それは七郎太どのの勝手な邪推《じゃすい》だ。負け犬の邪推だ」

清水が言いかえした。かまわず、七郎太は続けた。

「あれから、わたしにも追手《おって》がかかり、身を隠した。まともな詮議《せんぎ》も行われず、樋口家の女子供がすべて首を打たれたと知ったのち、わたしは鶴谷兼左衛門を斬った。兼左衛門はすっかり気を許し、茶屋に芸者を揚げ、仲間らと浮かれ興じていた。その帰りの夜道、兼左衛門の仲間らと共に討ち果たした。正々堂々と名乗りを上げてだ」

「何が正々堂々とだ。卑怯な闇討ちではないか。主や倅や女房の恨みをはらしたのち、ただ逃げただけではないか」

「まだ、家老の鶴谷正左衛門が残っている。鶴谷正左衛門を討たねばならぬと思っていた。あのときは、だから逃げた」

「ならばなぜ、こんなところで百姓をやっている。いい歳をした年寄りが、百姓女に子供まで産ませて、仇討《あだう》ちはどうした」

「高槻を出奔したとき、わたしはすでに五十二歳だった。早や十二年がたち、年老いてから、わたしはこの地に最後の生き場所を見つけた。いや、死に場所を見つけたと言うべきだ。逃亡をすることも仇を討つことも、わたしは疲れた」

「大叔父、そんな申し開きは、許されぬ。言い逃れだ。大叔父が罪を犯し、別所一門を疵つけたことは明白だ」

「重蔵、孝之、あのとき十二、三歳だったおぬしらがそれを知らぬのは、無理もないことかもしれぬ。だが、少年だったおぬしらも今は二十代の半ば。どちらに理があるか、どちらに侍の義があるか、わからぬはずはなかろう。わたしは侍として、一片の罪も犯しておらぬ。別所一門に疵をつけた覚えもない。正邪を見きわめもせず、腹を切れなどと、人を愚弄《ぐろう》するにもほどがある」

七郎太は五人を見廻し、そうして部屋の隅の龍玄と目を合わせた。

「行き倒れの老いぼれが、この地で命を助けられた。生きるために、この地で百姓になった。歳月がすぎるうち、十二年前のことを忘れかけていた。仇討ちも別所一門のことも。それをおぬしらがきて、思い出させた。おぬしら、わたしが何を思い出したか、わかるか」

七郎太はそこで、かちゃ、と鍔を鳴らし、右わきの刀を左手へ持ち替えた。

「高槻領から出奔し、追手の手を逃れてさ迷っていたとき、わたしは、鶴谷と同じ穴のむじなの当代殿さまに愛想がつきていた。侍というものが、つくづくいやになっていたのだ。重蔵、孝之、おぬしらの都合のよいように腹は切らぬ。今なら間に合う。みな、大人しく帰れ。わたしのことなど忘れて、たち去れ」

「大叔父、見苦しいぞ。腹を切らぬとあらば、不本意ながら討ち果たす」

重蔵と孝之が立ち上がり、後ろの三人が「おおっ」と続いた。

三人が野羽織を脱ぎ捨てると、すでに着物に襷をかけ、袖をきりりと絞って支度を整えていた。

と、黒雲に覆われた空に、またしても低く雷鳴がとどろいた。

ほどなく、雨が降り始め、庭の胡瓜畑に降りそそいだ。ざざざ、と縁廊下の先の胡瓜畑が騒がしくなった。内庭の台所のほうで、女房が落とした碗のくだける音が聞こえ、赤ん坊の泣き声がけたたましく上がった。

「重蔵、ここはわれらに任せろ」

清水と磯崎、千石の三人が、重蔵と孝之の前に進み出た。

だが、七郎太は左手に大刀をつかみ、端座したままだった。

「七郎太どの、武門の義をたて申すによって、お覚悟」

雨の音が清水の言葉を遮った。

「喜八、この家で刀を抜いた者は、生かしてはおかぬ。十五歳の、刀も持たぬ罪なき少年を斬ることが武門の義とは、笑止。偽りの武門の義のために、命を落とすか。人を見くびるな。おぬしでは無理だ」

七郎太の白く光る目が、清水を見上げた。

清水は一瞬たじろぎ、即座に叫んだ。

「老いぼれっ」

と、刀を抜き放ち上段へとった。

だが七郎太は、清水が身がまえた瞬時に、左につかんだ一刀を抜刀と共に片膝立ちになって斬り上げた。

清水には、刀を打ち落とす間もなかった。一歩を踏み出した体勢が、がくりと沈んだ。沈む身体を堪えたところへ、七郎太のかえす一撃が、片膝立ちのまま上段より浴びせられた。

「とおおっ」

七郎太が吠え、清水の顔面に赤い亀裂《きれつ》が走った。

清水は短い悲鳴を発した。逃げるように縁側へだらだらと後退ると、縁先から庭へ転落した。

磯崎と千石、重蔵、孝之の四人は、唖然とし、断末摩《だんまつま》のうめき声を上げてわずかに身をよじった清水に目を奪われた。

篠《しの》を突く雨が、噴き出す血を洗い流していた。野の彼方に雷鳴が、低くとどろいた。赤ん坊のけたたましい泣き声は止まなかった。

清水に目を奪われた四人の遅れは、束の間だった。ほんの一瞬の差だった。

しかし、七郎太は容赦なかった。すかさず体勢を起こし、抜刀した磯崎の左へ廻りつつ、左の首筋から肩へ激しく打ちこんだ。

千石は、磯崎へ浴びせた七郎太のわきを狙い、斬りかかっていた。

七郎太は、千石との間に磯崎の身体を挟むようにわずかに身を転じ、千石の一撃を紙一重《ひとえ》で躱《かわ》した。

千石の刃が、七郎太の白髪まじりのほつれ毛を散らし空へ流れたとき、七郎太は磯崎の肉と骨もろ共、凄まじい膂力《りょりょく》で引き斬っていた。

血飛沫が七郎太に噴きかかった。だが、即座もためらわずかえした七郎太の切先は、体勢をなおした千石より一瞬速く、千石の顔面を薙いでいた。

鈍い音がたった。千石は悲鳴を上げ、顔をそむけた。反転しながら、間仕切の襖を突き倒して下の部屋へ転がって行った。

一方、磯崎は、鳥の鳴き声のような息をもらしながらくずれ落ちたのだった。

三人は一合《いちごう》も交わすことができなかった。

重蔵と孝之が唖然としたひと息の間だった。二人は刀を抜いていたが、凄まじい斬撃に戦慄《せんりつ》していた。われを忘れた。

「わあああ」

「おおお」

喚声《かんせい》を上げた。だが、斬りかかることはできなかった。

かえり血を浴びた七郎太が踏みこむと、重蔵が先に悲鳴を発し、身を翻して縁側へ逃げた。その背中に、七郎太の袈裟懸をざっくりと浴びた。

「はあっ」

重蔵は身を仰《の》け反《ぞ》らせ、庭へ転がり落ちた。雨と泥にまみれ、うめいた。

「重蔵っ」

孝之が七郎太に身がまえた格好で、庭の重蔵へ叫んだ。

重蔵は一度、刀を杖に膝立ちになった。それから力つきて、清水の亡骸のそばへ仰《あお》のけになった。

七郎太が近づき、孝之はじりじりと下の部屋へ後退るしかなかった。

顔にも着物にも血を浴びた七郎太が、物の怪に見えた。

背中を見せた途端、重蔵のように袈裟懸を浴びるに違いなかった。

「助けて、助けて……」

孝之は喚いた。途端、下の部屋を這っていた千石の身体につまずいた。

わあ——と、尻餅をついた。

それでも、尻餅のまま懸命に身を退《ひ》いた。

七郎太は血糊のついた刀をわきへ垂らし、ひと言も発しなかった。そして、喘《あえ》ぎつつ畳を這う千石の傍らに立つと、背中を無造作にひと突きにした。

千石は手足をもがかせたが、長い悲鳴を残して動かなくなった。

刀を引き抜いたとき、七郎太は間仕切の襖が倒れた上の部屋に、別所龍玄が物静かに端座し、刀袋より黒鞘の一刀をとり出しながら、こちらを見ているのに気づいた。

庭の胡瓜畑を騒がす雨の音に赤ん坊の泣き声がまじる中、龍玄の物静かさが異様だった。この男、戦う気か。よかろう。この男はあとだ、と七郎太はなぜか思った。

その隙に、孝之は内庭の土間へ転がり逃げた。

ようやく立ち上がって逃げようとした途端、眼前へ七郎太の切先が突きつけられた。思わず顔をそむけ、慌てて刀をふり廻したはずみに、孝之は枯木の束をくずして再び転げた。

「この家で刀を抜いた者は、生きては帰さん」

七郎太が、不気味な声を土間に響かせた。

枯木の上に転げた孝之の顔面へ、切先がまっすぐに突きつけられた。孝之の重みがかかった枯木が、ばきばきと折れた。

孝之は刀を捨て、頭を抱えて俯せた。捨てた刀が土間に転がった。

「大叔父、お、お許しを、お許しを……」

七郎太が、上段にかまえた。雷鳴がとどろき、雨が庭を叩き、赤ん坊の泣き声が続いている。

「もう遅い。侍らしく死ね」

孝之が悲鳴を上げ、七郎太の一刀がうなった。

かあん……

と、それを撥ね上げた。

# 六

七郎太の両腕に、鋭い衝撃が伝わった。俯せた孝之から数歩退いた。

別所龍玄が、いつの間にか、七郎太の傍らにいた。さっきと変わらぬ物静かな佇まいで、大刀をわきへ下げ、七郎太を見つめていた。

「おぬし……」

七郎太は最後まで言わなかった。この男も斬るしかない、と思っていた。

雨がいっそう激しくなった。龍玄の後方の間仕切に女房がいて、泣き叫ぶ赤ん坊をあやしながら、七郎太と龍玄を怯えた目で見つめていた。

「沢口孝之どのは、刀を捨て、命乞いをしておられる。も早や、斬るまでもありません」

龍玄が言った。七郎太は、撥ね上げられた刀を八相《はっそう》にとった。龍玄が半歩引いて、物静かに正眼にかまえた。

「斬るか斬らぬか、わたしが決める。わたしを斬りにきたのは、おまえたちだ。わたしはおまえたちを、生きて帰すわけにはいかぬ。別所龍玄、おぬしもだ」

「別所七郎太どの、勝負はときの運。退くときもある。今がそのときだ」

七郎太は龍玄のゆるぎない言葉に、かすかな戸惑いを覚えた。

正眼のかまえは微動だにせず、ただ、得体の知れぬ気配が伝わってくるのがわかった。この小柄な男には、剣の腕ばかりではなく、ほかの五人とは比べられぬ分厚い性根が感じられた。それは、七郎太の性根よりも分厚い……

もしかしたら弥五郎さんは、こうだったのか。

七郎太は、十歳のときに国を去った別所弥五郎を思い出した。

「若いな、龍玄。若き血潮が甦る。行くぞ」

「どうぞ」

龍玄が涼やかに言った。

先に七郎太が踏み出した。龍玄が続き、両者の間はたちまち消え、互いの吐息が触れ合うところまで肉薄した。

「ええい」

七郎太は喚声を発し、八相より打ちかかった。

龍玄の同田貫が高らかに受け止める。

七郎太は両腕に力をこめ、龍玄を押しこんだ。

二つの刃が、ぎりぎりと咬《か》み合った。龍玄は身体を撓《しな》らせ、堪えた。踏み締める足の下に、ずず、と土間が鳴ったとき、七郎太は、跳ねかえす龍玄の力をいなした。七郎太は、龍玄の左へとる斜行を図った。そのため、龍玄の体勢が前面の空へ流れたかに見えた。

二つの肉体が躍動し、情熱が火花を散らし、互いの位置を入れ替えていく。身を入れ替えながら、七郎太の抜き胴が龍玄のわきをくぐり抜けて行った。

途端、七郎太は意表を突かれた。

龍玄の痩軀が躍動し、飛翔する鳥のように、一瞬の幻影のように、刹那のひらめきのように、七郎太の刃すれすれを飛び越えていったのだ。

おおっ、なんだ、これは——と、心の声が叫んでいた。

だが七郎太は、すかさず反転し正眼のかまえにとった。攻撃は反復しなければならなかった。

七郎太の正眼より早く、龍玄は地に降り立っていた。あざやかに身を翻し、正眼を八相のかまえに変えていたのだった。

七郎太が内庭の表戸を背にして対峙《たいじ》した瞬間、龍玄が先に動いた。先手を奪われたことがわかった。

そうはさせぬ、とおのれに言った。

大きく踏みこみ、再び、両者の間はたちまち消えた。

八相と正眼から激しく打ち合い、二刀が雄叫《おたけ》びを発したかのように鳴った。

そのとき、七郎太の刀が半ばより真っ二つに折れた。折れた先が内庭の間仕切の板戸に突き刺さった。間仕切のそばの女房は、悲鳴を上げ身をすぼめた。

背中の赤ん坊は、なおも泣き叫んでいた。

龍玄の刀がかえって斬り上げ、切先が七郎太の肩先を舐めた。

七郎太は半ばで折れた刀を引きつつ身体をひねって、かろうじて深手《ふかで》をまぬがれた。継ぎ接ぎのあたった着物が裂け、うっすらと血がにじんだ。

そこで龍玄は、動きを止めた。追い打ちをかけなかった。

「七郎太どの、これまでだ」

龍玄は言った。七郎太はこたえなかった。開け放った腰高障子の外に雨が降りしきっていた。雨の音が、七郎太の吐息を包んでいた。

七郎太は疲れを覚えた。折れた刀を下ろして、かまえを平然と解いた。だが、

「小癪《こしゃく》な」

と言った。そして、折れた刀を力なく投げ捨てた。

咄嗟に、身を反転させ表戸へ突進した。

庭へ走り出た七郎太に、篠を突く雨が降りそそいだ。雨が庭に幾筋もの流れを作っていた。

七郎太は、泥水を撥ね上げ、縁側の庭に倒れた清水と重蔵の傍らへ走った。

重蔵が地面に突きたてたまま残した刀をつかんだ。ふりかえったとき、龍玄が雨の中にじっと佇んでいた。龍玄の総髪と、なだらかな肩に、降りしきる雨が水飛沫をたてていた。

刀をわきへ落とし、五間の間をおいて、七郎太を物静かに見つめていた。

龍玄の背後の、黒雲の彼方が一瞬白く染まり、しばらくして雷鳴が聞こえた。

生きては帰さぬ、と七郎太は思った。

「まさに勝負はときの運だ。こい、若造。終ってはおらぬ。この刀は天がわたしに与えた。天が戦えと……」

七郎太は八相にとり、龍玄は正眼にかまえた。

「いかにも。わが刀は、祖父別所弥五郎より受け継いだ同田貫。別所弥五郎の志《こころざし》が、お相手いたす」

龍玄が言い放った。

三たび両者は一気に間をつめた。たちまち肉迫し、両者は雄叫びを上げた。

七郎太の袈裟懸から、雨中の戦端が開かれた。

龍玄は左へ身体をなびかせ、打ちかかる袈裟懸に空を斬らせた。雨煙を巻き二の太刀、三の太刀が、次々と襲いかかってくる。

それを身を折り畳み、かしがせ、躱した。そして、四打目をうなりを上げてははじきかえした。

はじきかえされた衝撃を、七郎太は膝が地につくほど片足を引いて堪えた。

七郎太の体勢が乱れたところへ、龍玄は即座に上段にとって一撃を見舞った。

七郎太は龍玄の苛烈《かれつ》な一撃をからくも払った。だが、そこで龍玄との間を作るように、竹を組んだ支え棒が幾筋もつらなる胡瓜畑へ身を翻した。

畑のどろ水が跳ね上がり、雨と葉と実が七郎太の身体を叩いた。七郎太の喘ぎ声が激しく聞こえた。

龍玄は支え棒のひと筋を隔てて、七郎太の斜め後方より追った。

胡瓜畑のほんのわずかな空間に出た途端、七郎太は足を踏ん張り、反転の体勢から追いすがる龍玄へ、一撃を浴びせた。

「やあっ」

絶叫と共に、ぱあん、と両者を隔てる支え棒が断ち切られた。

胡瓜と葉が二人の間に飛び散る中、七郎太は、間髪《かんはつ》を容《い》れず断ち切った竹を撥ね上げ上段へかえし、迫る龍玄の懐へ突進を図った。

龍玄は即座に反応した。

片側の支え棒を突き倒して飛び退《すさ》り、七郎太の突進を横に躱しながら、右小手を打った。切先が柄を打ち、七郎太の右手の指が水飛沫と共に跳ね飛んだ。

七郎太は叫びながら、泥の中に片膝をついて右手を抱えた。

しかし、七郎太は束の間も止まらなかった。すかさず身を起こし、左手一本で刀をひきずりつつ主屋のほうへと身を翻した。

まだ、まだだ……

七郎太は、おのれを急《せ》きたてる心の声を聞いていた。

胡瓜畑をよろけ出て、茅葺屋根の百姓家を見上げた。

孝之が、縁側先の庭に倒れた重蔵の傍らに膝をつき、雨の中で泣いていた。

別所龍玄が、すぐ後ろに迫っていることはわかった。

女房が表口に立ちつくし、震えながら七郎太を見つめていた。赤ん坊の泣き声は続いている。

七郎太は表口へ疲れた足を運び、「お槙《まき》、子を泣かすな……」と、言った。お槙の頬を、あふれる涙が次々とこぼれていた。お槙の涙に、七郎太は虚を衝《つ》かれた気がした。

こんな老いぼれの、つまらぬ男のために泣いてくれるか。なんたることだ。

七郎太の心の声がまた言った。

泥と雨と血に汚れた七郎太の老いた身体を、お槙は表口で支え、内庭へ運び入れた。お槙の着物や手が、七郎太の血と泥で汚れた。

「あんた。痛いかい」

お槙が、泣きながら言った。

「すまん」

言ったとき、龍玄が土間へゆっくりと入ってきた。お槙が七郎太を背中にかばって跪《ひざまず》き、龍玄に掌を合わせ「お慈悲《の》を……」と繰りかえした。

「お槙、すまん。もういいのだ。退いておれ。おまえのお陰で、よき最期が迎えられる。礼を言う。子を頼む」

七郎太はお槙を押し退けた。そして龍玄を見上げた。

「別所龍玄、凄まじいな。あの弥五郎さんの孫か。樋口道場に通っていた童のころ、いつか従兄の弥五郎さんと対等に試合をすることを、考えていた。孫のおぬしと剣を交わし、歯がたたなかった」

そう言って、土間に刀を捨てた。

「右手は使えぬが、左が残っている。介錯を頼む。弥五郎さんのその同田貫で、やってくれ」

七郎太は左手で脇差の鯉口を切った。そして、柄に左の手をかけた。

「七郎太どの、わが祖父弥五郎は、何ゆえ永井家を捨て、江戸へ出たのですか」

龍玄が言った。

「弥五郎さんが永井家を出たとき、わたしは十歳だった。別所家では、弥五郎さんのことも、弥五郎さんの父親の修五郎伯父のことも、みな口にはせぬ。だから詳しいことは知らぬ。ただ、知っていることだけは教えよう」

七郎太は、土間に端座した。お槙は怯えつつ、悲痛な泣き声を絞りながら、七郎太の血だらけの右手に手拭をぐるぐると巻きつけ始めた。

七郎太は左手を柄から放し、「世話になった」と、お槙の頬を愛おしげになでた。そうして龍玄を見上げた。

「修五郎伯父は、永井家勘定方の下役だった。田畑の本途物成《ほんとものなり》から小物成《こものなり》の調べや新田開拓など、村から村を廻る検使の地方《じかた》だ。生真面目で筋をとおす役人と、聞いた覚えがある。弥五郎さんは、十二、三のころからそんな修五郎伯父について村々を廻り、見習勤めを始めていたのだ」

龍玄は、弥五郎が病の床のうわ言で、米のでき具合について上方訛で父親らしき相手と話していた様子を思い浮かべていた。

「一方で弥五郎さんは、城下の樋口道場に通い、めきめきと腕を上げ、十代の半ばにして、まだ永井家の武芸指南役に就く前の樋口倫之助さまをしのぐ腕前と言われていた。大らかで背が高く、いい男だった。城下の娘らの間でも、弥五郎さんは評判だったそうだ。だが、弥五郎さんが十八の春だった。修五郎さんが検見《けみ》と年貢収納で廻るある村で、二重帳簿が発覚した」

七郎太はまた、脇差の柄に手を戻し低い声を震わせた。

「村の営みの裁量は村役人が行うが、年貢諸役の割賦《わっぷ》の基《もと》になる石高帳《こくだかちょう》や村入用帳はお上が把握せぬため、二重帳簿が作られることがしばしばあった。地方はそれを承知しており、大抵のことは目をつむるのだ。だが、差口《さしぐち》があり、修五郎伯父が二重帳簿作りにかかわり、賂《まいない》を得ているという疑いがかかった」

七郎太の顎から、雨の雫が垂れていた。

「修五郎伯父は口を閉じていっさい語らなかった。弁明もしなかった。それゆえ魔が差したという者もいたし、誰かをかばって口を閉ざしているという噂もあった。修五郎伯父に限って、そんなことをするはずがないという者もいた。童だったわたしは真偽のほどを知らぬ。別所家の縁者が集まり、ひそかに協議が行われた。別所家に累をおよぼさぬため、自裁しかあるまいと決まった」

そう言って、七郎太は脇差を抜いた。傍らのお槙が目を瞠った。背中の赤ん坊は、泣き疲れてうとうとし始めていた。

「支配役より喚問状が届く前だ。介添え役は、という段になり、みなが尻ごみした。刀を帯びた侍だが、誰ひとりとして人を斬った覚えはない。人を斬るとはどういうことか、誰も知らなかった。弥五郎さんにやらせよと指図したのは、修五郎伯父だった。弥五郎さんは、父の指図ならやります、とこたえたそうだ。あのとき、まともな介錯ができるのは十八歳の弥五郎さんだけだったろうしな」

表戸の外の黒雲が白く光り、雷鳴がとどろいた。七郎太は大きく息を吸い、肩を上下させた。

「あの夜、別所家の者は男も女も年よりも子供もみな、持仏の間に集まり、それがすむのを待っていた。それがすんで通夜と葬儀が滞りなく行われた。支配役に修五郎伯父の病死が届けられ、支配役はそれを了承した。別所家に咎めはなかった。だが、別所家を継いだのは弥五郎さんではなく、修五郎伯父の弟の慶司だった。わたしは慶司が端女に産ませた子だ。わたしは産みの母の顔も知らぬ」

「それから弥五郎は、江戸へ出たのですか」

龍玄は訊いた。

「そうだ。弥五郎さんはいつの間にか別所家から姿を消していた。以来、別所家では修五郎伯父の話も弥五郎さんの話もしなくなった。弥五郎さんが樋口倫之助さまの添状を持って江戸へ出たことを、のちになって倫之助さまから聞いた。その同田貫は、修五郎伯父が拵えさせた業物《わざもの》と聞いている。弥五郎さんは、修五郎伯父の形見に、それだけを携えて国を出たのだ」

七郎太の眉間に、長い年月を重ねた皺が刻まれていた。

「龍玄、わたしの知っているのはそれだけだ。自慢の従兄だった弥五郎さんとは、別れの言葉もない。弥五郎さんとはいつか会いたかった。会って、試合をしたかった。五十年以上の歳月をへて、孫のおぬしが、わたしを介錯するために現われた。妙な廻り合わせだ。だが、おぬしでよかったのかもしれぬ」

もういい。やれ――と、七郎太は脇差を持ち上げた。

龍玄は、爺さまが幼い龍玄の顔を見て言った言葉を思い浮かべていた。

「男前だが、ふてぶてしい面《つら》がまえだ」

あのとき爺さまは、酒に酔って、楽しげな、愉快そうな、大らかな笑顔を、龍玄へ向けていた。

十八歳の爺さまは、別所一門を捨て、国を捨て、ただひとり旅に出た。同じ十八歳の自分が牢屋敷の首打役を果たしたとき、一体何を捨てたのかと、龍玄は考えた。

わが務めを果たすのみ。ただわが務めを……

龍玄は思った。

お槙が疵ついた七郎太の右手を放さず、泣き続けていた。

「介錯、仕《つかまつ》る」

龍玄は爺さまの同田貫を上段へとった。

お槙の悲鳴がきりきりと上がった。

雨の勢いは弱まっていた。

午後の空は雲が白くなり、明るさをとり戻した。

庭を伝う雨水の流れを、清水と重蔵の血がうす赤く染めていた。

孝之は重蔵の傍らの地面へ坐り、重蔵の身体を膝の上に抱きかかえ、咽《むせ》び泣いていた。龍玄は孝之の傍らにきて、

「沢口どの」

と、呼びかけた。龍玄を仰いだ孝之の顔に、静かな雨がふりそそいだ。雷鳴はもう途絶えていた。

「別所どの、重蔵が、重蔵が……」

孝之の言葉は続かなかった。あふれ出す涙を、雨が洗った。

「重蔵どのは、もう亡くなっている。これを……」

と、龍玄は手拭でくるんだ髪を、孝之へ差し出した。白髪まじりの、ひと束の小さな髪だった。

「別所七郎太どのの遺髪です。ご依頼により、わたしが介錯いたしました。別所七郎太どのは亡くなりました。孝之どのはこれを持って江戸屋敷へ戻り、事情を話し、二度とこの地にきてはなりません。何もかも、終ったのです。意味あることも、ないことも」

「い、意味あることも、ないことも？」

孝之が涙まみれで訊きかえした。

「そうです。ですが、すべての死には意味があります。亡骸を江戸に運ぶことはできません。雨がやんだら、この村の寺に頼んで、二人で埋葬しましょう」

龍玄は、次第に明るさを増す空を見上げて言った。

主屋の表口に、女房のお槙の肩にすがって佇む七郎太が見えた。お槙は龍玄へ、また掌を合わせた。

孝之はそれを見つけたが、龍玄に訊ねなかった。孝之は、二度とこの地にくることはないと、ただそれだけを思っていた。

雨はなおも、死者と生者に降りそそいでいた。

## 七

龍玄が孝之から事の顚末《てんまつ》の知らせを受けたのは、七月七夕の翌日だった。

別所重蔵ほか、清水喜八、磯崎泰造、千石安治郎、の三人が別所七郎太に討たれ、また七郎太自身も重蔵らの手によって討ち果たされた、という孝之の知らせに、永井家上屋敷は、一時、騒然となった。

一件は殿さまのお耳に入れられ、「即刻、検使の者を遣わし真偽を確かめよ」との殿さまの命により、検使役の勤番目付と手の者、ならびに、朋輩の徒士組や番方の家士ら数名が、とり急ぎ府中宿へ向かった。

本来ならば、勘定所をとおして陣屋へ指図があって、陣屋の役人らが事情を調べるのが筋だった。しかし、殿さまは一件が表だつ前に永井家の手によって事情を明らかにすべし、という強い意向を持たれていた。

そして、孝之には厳しい監視の下、上屋敷長屋に謹慎が申しつけられた。

検使役は、二日足らずで江戸上屋敷に戻ってきた。

その報告によれば、府中宿はずれの在の、別所七郎太が潜伏していたと思われる百姓家は、すでに住人の姿はなく空家になっていて、近在の寺に孝之が依頼して落命した四人を仮に埋葬した墓所が見出されたのみ、ということだった。

また、在の村役人に空家になっている百姓家について訊ねたところ、その事情を明らかにできなかった。

百姓家はお槙という小百姓の女が、若いころに二親を亡くし、年老いた使用人ひとりを使って、小さな土地を耕して暮らしていた。それが数日前、お槙の母方の縁者に急な用ができたらしく、秩父山中の村へ慌ただしく旅だった。

年老いた使用人も姿を消したため、お槙の供をしていると思うが、誰もお槙が旅だったところを見ておらず、だから使用人も一緒だったかどうかはわからないと、村役人らは口をそろえた。

不審に思った検使役は、その年老いた使用人の素性は、名は、と訊ねたが、村役人らは、使用人の名が七兵衛《しちべえ》という以外、「お槙が雇い入れた使用人のことだで詳しくは知らねえ」と、曖昧な答えに終始した。

検使役は、陣屋の役人ではないため、それ以上は問い質《ただ》すことができず、諦めざるを得なかった。

検使役から直々《じきじき》にその報告を受けた殿さまは、物思わしげに頷かれ、「別所七郎太の詮索《せんさく》はもうよい」と、なぜか言われたのだった。

そのうえで、この一件はいっさい表沙汰にせず、別所重蔵ら四人は御用の旅の途中、府中宿にて病死として改めて葬ってやるように、と命ぜられた。

孝之の謹慎は、検使役が戻ったその日のうちに解かれた。

ただ孝之は、無縁坂に住む別所一門の末流を継ぐ介錯人・別所龍玄の名も、別所龍玄という介錯人が何をしたか、決して口にしなかった。

雨がやんで、無縁坂のほうに苧殻《おがら》売りの「おがら、おがら……」という売り声が流れた。

母親の静江は下女のお玉を従え、昼すぎから借金のとりたてに出かけて、まだ戻っていなかった。

途中で雨に降られ、どこかで雨宿りをしているのかもしれなかった。

居間の文机《ふづくえ》に向かっていた龍玄は、引違いの明障子を開け、雨が止む前から裏庭をぼんやりと眺めていた。

半間の土縁を隔てた裏庭に植えた楓が、濡れた枝葉を垂らしていた。

雨はやんだが、軒庇から雨垂れがまだ地面に跳ねていた。

茶の間に百合と杏子の声がして、龍玄は座を立った。

居間から茶の間へ出ると、茶の間の板敷の炉のそばで、百合が杏子のおしめを替えていた。百合は杏子に見せていた笑みを龍玄へ向け、

「はい、気持ちよくなりましたね。お父上がきましたよ。お父上のところへいってらっしゃい」

杏子が寝がえりを打ち、龍玄の足下へ這ってきた。

龍玄は杏子の小さな身体を、ふわりと抱き上げた。

「お茶を淹れましょうか」

百合が、おしめを持って立ち上がりながら言った。

「いや、いい。雨が上がったので、庭を歩いてみる」

茶の間から勝手の土間におり、西側の勝手口を出た。雨垂れが、勝手口の庇から落ちていた。

勝手口を出ると、井戸がある。井戸の屋根の上に椿が葉を繁らせ、西の空には白い雲が流れていた。

庭は板塀が囲い、板塀ぎわの下草がしっとりと濡れていた。

塀の外の路地を人が通りかかり、杏子がそちらを指差して話しかけ、龍玄も杏子に話しかけた。

百合が襷をかけて、井戸端に出てきた。釣瓶《つるべ》をからからと鳴らし、桶に水を汲んだ。透きとおった水が桶にあふれたとき、百合が言った。

「今朝、お義母さまに言われました。お義母さまが昨日、神田明神下の刀砥《かたなとぎ》の上泉《かみいずみ》さんと茅町でぱったり会って、訊かれたそうです。先だって、府中からお戻りになって、差料《さしりょう》を上泉さんへ砥ぎに出されたのでしたね」

「ふむ、出した」

「上泉さんが、あなたの砥ぎに出す差料に、あれほど刃こぼれがあったのは初めてだったので、驚いていたそうです。むずかしいお仕事でございますからね、と事情を知りたげだったとか。お義母さまは、あなたが仕事のことを何もお話しにならないので気にかけられ、府中で何があったのか訊いておくようにと、仰っていました」

「そうか。少し手間どったが、気にかけることはない。府中の仕事はすんだ」

龍玄はこたえた。

「別所家についても、お義母さまは気になさっておられます。別所家の方々とはこののち、お会いにならないのですか」

「おそらく、会うことはない。別所家と言っても、遠い縁者だ。母にはわたしから話しておく」

百合は井戸端で、杏子の溜まったおしめを洗っていた。

「わたしには、何も話してくださらないのですか」

と、龍玄にうなじを見せたまま言った。

「こういう仕事柄、話さぬのが習い性《せい》になった。父もそうだった。おそらく爺さまもそうだったろう」

そこで龍玄は、短い沈黙をおいてから言った。

「百合は、首打役や介錯人の仕事はいやか」

「わたしは、進んで龍玄さんの妻になりました」

百合は、あなた、ではなく、龍玄さん、と言った。

「龍玄さんが就いた仕事を、いやだとか、恐いだとか、不気味だとか、思ったことはありません。でも、時どき、仕事に出かける龍玄さんを見送ったあと、急に不安を覚えることがあるのです。何が不安なのかわからないけれど、胸が高鳴って、仕方がないことがあります。父や弟が勤めに出かけたとき、そんなふうに覚えたことは一度もありませんでした」

百合は続けた。

「そう、杏子が生まれてからです。そういうときは、杏子を抱いて、我慢するのですけれどね。杏子は、わたしの不安を分かち合ってくれるみたいに、腕の中でじっとして、わたしの胸の高鳴りを聞いてくれるのです」

龍玄は、百合の白いうなじから頬へかかる丸髷のおくれ髪を、見つめた。そして、言った。

「百合はなぜ、わたしのような家柄もなく、身分もない一介の浪人者の申し入れを受けた。お義父上《ちち》は不承知だった。百合が進んで受けなければ、百合を妻に迎え入れることはできなかった」

するると、百合は龍玄を見上げ、おかしそうに笑って答えた。

「龍玄さんが申し入れてくれた理由と、同じですよ。ほかに何がありますか」

龍玄は雨垂れの音を聞いていた。雨垂れは龍玄の胸の鼓動のように、ゆっくりとした音をたてていた。

杏子が空を指差して、話しかけた。

遠くの厚い雲が切れ、雲間から射す西日が夥《おびただ》しい光線になって、空の彼方に降っていた。光線は黄金色に輝き、光の滝のように見えた。

光の滝に戯れ舞う数羽の鳥影が、数えられた。

「ああ、本当に美しい……」

龍玄は、杏子にこたえた。

参考文献

『三田村鳶魚全集』（中央公論社）
『風俗辞典』坂本太郎監修、森末義彰・日野西資孝編（東京堂）
『時代考証事典』稲垣史生著（新人物往来社）
『日本人はなぜ切腹するのか』千葉徳爾著（東京堂出版）

本書は、二〇一五年三月、宝島社文庫より刊行された『介錯人別所龍玄始末』を改題したものです。

この作品は、江戸時代寛政元年の物語です。本文のなかには、現代では差別的とされる表現がありますが、歴史的な観点より、そのまま使用しました。差別の助長を意図したのではないことをご理解ください。

（編集部）

光文社文庫

傑作時代小説

無《む》　縁《えん》　坂《ざか》　介《かい》錯《しやく》人《にん》別《べつ》所《しよ》龍《りゆう》玄《げん》始《し》末《まつ》

著　者　辻《つじ》　堂《どう》　魁《かい》


2023年 3 月20日　初版 1 刷発行
2023年 6 月20日　4 刷発行

発行者　三　宅　貴　久
印　刷　新　藤　慶　昌　堂
製　本　フ ォ ー ネ ッ ト 社

発行所　株式会社 光　文　社
〒112-8011　東京都文京区音羽1-16-6
電話（03)5395-8149　編　集　部
8116　書籍販売部
8125　業　務　部





ISBN978-4-334-79514-6　Printed in Japan





組版　萩原印刷